인도 도시 괴담

인도
도시괴담

강민구 지음

북클릭

들어가며

궁금하지 않은가? 대한민국 영토 면적의 약 33배, 대한민국 인구의 약 27배, 공용어 23개의 스펙을 자랑하는 신의 나라 인도에는 어떤 괴담들이 떠도는지.

힌두교 · 이슬람교 · 시크교 · 자이나교 등 다양한 종교와 드라비다족 · 아리안족 · 몽골인종 등 다양한 인종, 다양한 기후와 음식과 생활양식들, 이처럼 인도의 문화는 하나로 정의할 수 없을 만큼 다채로운 요소로 이루어져 있으며 이런 환경에서 수많은 이야기가 자연스럽게 탄생한다.

인도의 행정구역은 28개 주(州)와 8개 연방직할지로 구분된다. 연방정부이며 28개 주는 주정부가, 8개 연방직할지는 중앙정부가 직접 관리한다. 흔히 인도는 주제와 기준에 따라 다르지만, 북부·서부·중부·동부·동북부·남부 6개 권역으로 나뉜다. 하지만 6개 권역이 포함하는 주들은 기준마다 상이하다.

인도의 괴담은 내용이 방대하고 무궁무진하여 모든 괴담을 다루는 것은 불가능하다. 따라서 이 책에서는 인도를 크게 네 권역으로 구분하여 권역별로 회자되는 대표적인 괴담들을 수집하고 선정하여 소개한다.

① 인도의 수도 뉴델리

② 북인도(잠무카슈미르, 히마찰프라데시, 펀잡, 우타라칸드, 찬디가르, 라자스탄, 우타르프라데시)

③ 중인도(구자라트, 마디아프라데시, 비하르, 시킴, 아루나찰프라데시, 아삼, 나갈랜드, 마니푸르, 메갈라야, 자르칸드, 차티스가르, 마하라슈트라, 오리사, 서벵골, 트리푸라, 미조람)

④ 남인도(고아, 카르나타카, 안드라프라데시, 타밀나두, 케랄라)

흔히 괴담이 떠도는 장소들은 무섭고 기피하고 싶은 마음이 드는 곳이다. 하지만 인도의 일부 장소들은 호기심을 자극하고 마치 관광지처럼 느껴져 방문해보고 싶은 마음이 든다. 인도라는 국가 자체에서 오는 낭만과 괴담이 어우러져 신비로운 분위기를 자아내는 것일지도 모르겠다.

필자는 인도에서 거주할 때 친구들과 인도의 곳곳을 돌아다니며 인도의 낭만에 흠뻑 젖어 있었다. 평범한 관광지에도 여행을 갔었지만, 귀신이 나온다는 소문이 있는 곳, 저주받은 흉가 등과 같이 조금은 독특했던 장소를 방문했던 경험도 있다. 혹자들에게는 무섭게 들릴수도 있겠지만 기억을 더듬어보면 여전히 설레고 즐거운 추억으로 남아 있다.

이 책은 색다른 괴담을 좋아하는 사람, 인도를 좋아하는 사람, 특별한 컨셉의 인도 여행을 계획하는 사람 등을 위한 책이다. 특히 괴담이 돌고 있는 장소를 직접 방문하고 싶은 분들을 위해 이야기와 함께 소개하는 장소의 주소를 적어두었다. 떠도는 괴담은 믿거나 말거나. 하지만 장소를 방문해서 벌어지는 일들에 대해서는 방문자들이 직접 책임을 져야 할 것이다.

강민구

차례

뉴델리

뉴델리(New Delhi)는 인도 북부에 위치한 도시로
1911년에 인도의 수도로 지정되었다.
2021년 기준 뉴델리에는 문화적 배경이 다양한
3천 1백만 명 이상의 인구가 거주하고 있다.

뉴델리

그레이터 카일라쉬
부유층 노부부 살인사건

그레이터 카일라쉬는 뉴델리 남부에 위치한 럭셔리 주택이 모여 있는 주거단지이다.

1986년 그레이터 카일라쉬에 있는 한 고급 주택에서 비극적인 사건이 발생했다. 노부부였던 야두 크리슈난 카울Yadu Krishnan Kaul과 마두 카울Madhu Kaul은 개인 요가 강사에게 잔인하게 살해된 채 지하실에 있는 차디찬 물탱크에 버려졌다. 항간에 따르면 요가 강사가 노부부의 재산을 탐내 잔인하게 살해했다고 한다. 그리고 노부부를 살해한 요가 강사의 행방은 아직도 묘연하다고 한다.

경찰이 현장을 발견했을 당시 노부부의 시신은 토막이 난 채 물탱크 안에서 부패되고 있었다고 한다. 경찰은 노부부의 친인척들에게 연락을 취하려 다양한 수단

그레이터 카일라쉬(Greater Kailash) 1 지역
주소: Greater kailash Part 1, House No. W-3

을 동원했지만 누구와도 연락이 닿지 않았다. 이후 노
부부의 주택 소유권을 넘겨받기 위해 자신이 노부부의
친인척이라며 접근한 사람이 있었지만 결국 가족관계
를 입증하지 못했고, 집은 소유권 문제로 인하여 오랜
기간 방치되었다.

　흉가가 되어버린 집 주변에 사는 이웃들 사이에 소문
이 돌기 시작했는데, 집 주변을 지날 때면 노부부의 비
명과 생활 소음 등 정체불명의 소리가 들려온다는 것이

었다. 이러한 소문으로 인해 해당 주택은 '귀신이 나오는 집'으로 유명세를 타기 시작했고 집을 보기 위해 방문하는 관광객들이 생겨났다.

2013년 노부부의 집은 개인에게 판매되었고 현재는 재건축하여 완전히 다른 형태를 갖게 되었다고 한다. 하지만 여전히 집 주변에서 정체를 알 수 없는 소리가 들려온다는 소문은 멈추지 않았다. 노부부의 망령이 억울함을 풀지 못해 여전히 사건장소를 떠나지 못하고 있는 것은 아닐까?

범죄자들의 목으로 채워진 탑
초르 미나르

초르 미나르는 뉴델리 남부 호즈 카스Hauz Khas에 위치한 첨탑인데 특이하게도 벽면에 약 225개의 구멍이 있다. 초르 미나르는 13세기 델리를 지배하던 델리 술탄국 할지 왕조의 알라웃딘 할지Alauddin Khalji에 의해 만들어졌다. 얼핏 평범한 역사유물처럼 보이지만, 이 첨탑과 관련된 역사를 알게 된다면 섬뜩하게 느껴질 것이다.

초르 미나르는 힌디어로 '도둑들의 첨탑'이라는 뜻이다. 예전에는 다른 이름을 갖고 있었는데, 그 별칭은 소름끼치게도 '참수의 탑Tower of beheading'이었다.

알라웃딘 할지가 델리를 통치하던 당시, 몽골세력이 침입해왔다. 할지 왕은 전쟁을 통해 포로로 잡은 몽골인과 델리지역에 정착해 살고 있던 몽골인 대부분을 붙

쪼르 미나르(Chor Minar)
주소: Kharera, 2, Chor Minar Rd, Kaushalya Park, Kausalya Park, Block L, Padmini Enclave, Hauz Khas, New Delhi, Delhi 110016 인도

잡아 참수했다. 그리고 나서 그들의 목을 초르 미나르의 벽면에 있는 구멍에 넣고 전시하여 몽골인에게 공포심을 심어주었으며, 구멍에 다 들어가지 못하고 남은

머리들은 바닥에 쌓아놓게 했다. 이때 참수되었던 몽골인의 수는 약 8천 명 정도로 추정된다.

그렇다면 '도둑들의 탑'이라는 별명의 기원은 무엇일까? 몽골인의 참수된 머리를 전시해놓는 용도로 쓰이던 첨탑은 이후 범죄자들에게 공포를 심어주는 용도로 활용되었다. 도둑질을 한 범죄자들의 목을 잘라 초르미나르 구멍에 넣고 범죄를 저지르면 어떻게 되는지 전시했던 것이다.

역사를 알고 보면 첨탑의 이름은 '도둑들의 탑'이 아닌 본래 이름이었던 '참수의 탑'이 더 어울리는 듯하다. 지금도 초르 미나르를 가만히 바라보고 있자면 사람 얼굴 형상이 떠오른다고 한다.

드진의 사원
피루즈 샤 코틀라 요새

피루즈 샤 코틀라 요새는 올드델리와 뉴델리 사이에
위치해 있다. 술탄 피루즈 샤 투글라크Sultan Firuz Shah Tuglaq가
1351년부터 1384년까지 도시를 통치했는데, 그 기간 중
인 1354년에 건설된 것으로 추정된다.

무굴족은 수도를 투글라카바드Tuglaqabad에서 피로자바
드Ferozabad로 옮기기로 결정하면서 이 요새를 지었다. 델
리의 야무나Yamuna 강을 따라 건축했으며 요새 안에는
무슬림 사원인 모스크도 지었다.

현재 델리에 사는 일부 사람들은 이 요새가 드진Djinn
이 머무는 곳이라고 믿는다. 드진이란 우리에게 익히
알려진 애니메이션 〈알라딘Aladdin〉에 나오는 램프의 요
정 지니의 원형이 되는 신이다. 이슬람교 신화에 따르

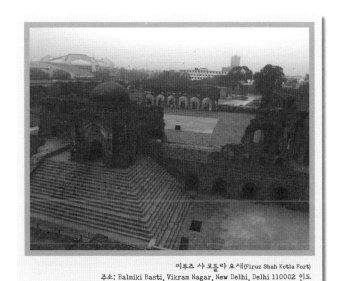

피루즈 샤 코틀라 요새(Firuz Shah Kotla Fort)
주소: Balmiki Basti, Vikram Nagar, New Delhi, Delhi 110002 인도

면 천사는 빛으로, 인간은 진흙으로, 드진은 공기 혹은 연기로 창조되었다. 공기의 정령인 드진은 인간 형태로 생활하며 수천 년을 살 수 있고 자식도 낳을 수 있다.

초자연적 현상을 연구하는 전문가들에 따르면 이 요새가 드진을 숭배하는 공간이 된 것은 40년 정도 되었다고 한다.

드진의 존재를 믿는 사람들은 요새에 방문해서 삭사 직면한 문제들을 해결해달라는 기도를 올리고 축복을

공기의 정령 드진

빈다. 또 악령에 사로잡힌 사람을 구하기 위해 요새를
방문해 퇴마의식을 수행하기도 한다.

풍문에 따르면 매주 목요일 밤 드진을 믿는 신자들이
자신들의 고민과 소원을 적은 편지를 들고 요새로 모여
든다고 한다. 여권 크기 사진과 함께 편지를 드진에게

바치기 위해 몰려든다는 것이다.

　인도를 방문할 계획이 있는 독자 분들도 고민이 있거나 소원을 빌고 싶으면 편지를 작성해서 목요일 밤 피루즈 샤 코틀라 요새를 방문하기를 권해본다. 때때로 드진이 기분이 좋지 않은 경우 소원을 이뤄주는 대신 저주를 내릴 수도 있다고 하니 드진의 기분 상태를 보고 소원을 빌 것을 추천한다.

아지트가르에 등장하는
머리 없는 영국 남자

아지트가르를 설명하기 위해서는 세포이 항쟁Indian Rebellion에 대해 알아야 한다. 1857년에 발생한 세포이 항쟁은 '인도 항쟁' '제1차 인도 독립 전쟁' 등으로도 불린다. 영국 동인도 회사가 종교에 대한 몰이해로 인해 인도인들의 반발을 산 것이 발발의 주된 원인이다. 영국인은 세포이 항쟁을 '반란'이라고 부르며, 인도인은 영국의 제국주의에 대한 저항으로 평가한다. 세포이 항쟁은 인도 각지로 확산되어 각계각층이 영국에 대항하는 항쟁으로 발전했다. 주요 교전은 주로 갠지스강 상류와 인도 중부에서 이루어졌다.

아지트가르의 원래 이름은 반란기념비Mutiny Memorial였다. 세포이 항쟁에서 싸운 이들을 기리기 위해 1863년

아지드 가르(Ajitgarh)(구 반란기념비(Mutiny Memorial)
주소: Kamla Nehru Ridge, Civil Lines, Delhi, 110007 인도

인도의 성부 부처인 공공사업부Public Works Department에 의해 건설되었다. 하지만 영국 통치하에 있었던 공공사업부는 기념비 이름을 '반란기념비'라 명명했고, 세포이 항쟁에 참여했던 인도인을 '적'으로 지칭했다. 이에 따라 대중의 많은 비판을 받았고 이후 인도 정부는 1972년 인도 독립 25주년이 되던 해에 '반란기념비'라는 이름 대신 아지트가르Ajitgarh라는 새로운 이름을 지어주었다. 또 '적'으로 지칭되던 인도인들에 대한 표현을 '인도 자유를 위한 순교자'로 바꾸었다. 아지트가르는 '자유를 위한 불멸의 순교자'를 위한 기념비라는 뜻이다.

기념비는 빅토리아 고딕 양식으로 지어진 팔각형 탑이다. 붉은 사암으로 이루어져 있으며 꼭대기를 방문할 수 있도록 계단이 있다. 기념비의 꼭대기에 오르면 카믈라 네루 주변의 풍경을 즐길 수 있다.

그렇다면 이 기념비에는 어떤 괴담이 있을까? 세포이 항쟁 당시 기념비 주변에 수많은 영국인의 시신이 발견되었다. 영국인 희생자가 많이 발생했던 탓인지, 기념비 주변에는 머리가 없는 영국인, 하얀 가운을 입은 유령, 마차를 끌고 다니는 영국인, 귀족 의상을 입은 영국 여성의 유령 등이 출현한다고 한다. 하지만

다행히도 유령들은 사람을 놀라게 할 뿐, 어떠한 공격을 하지는 않았다는 후문이 대부분이다.

특히 사람들 사이에서 많이 목격되었다고 회자되는 유령은 머리 없는 영국인인데, 이 유령은 사람들에게 자신의 담배에 불을 붙여달라고 부탁을 한다고 한다.

만약 당신이 아지트가르 주변을 여행하고 있을 때 머리 없는 영국인이 담뱃불을 붙여달라는 부탁을 한다면 놀라지 말고 정중히 거절하도록 하자. 괜히 유령에게 담뱃불을 붙여주었다가 무슨 일을 당할지 모르기 때문이다.

피비린내 나는
쿠니 호수

쿠니 호수는 올드델리의 카믈라 네루 숲에 위치해 있다. 숲은 약 87헥타르에 이르며, 1915년 보호림으로 지정되었다. 카믈라 네루 숲은 델리에서 가장 귀신이 많이 출몰하는 곳으로 알려져 있다.

쿠니 호수는 언뜻 보면 평범한 호수처럼 보이지만, 역사를 알고 보면 섬뜩하게 느껴질 것이다. 카믈라 네루 숲을 지나 쿠니 호수 근처로 걸어가다 보면 해가 진 후에 입장하지 말라는 안내판을 볼 수 있다. 호수 주변에 살인자, 도둑, 마약 중독자, 강간범 등과 같은 범죄자들이 모여든다는 이유에서 밤늦게 입장하는 것이 금시되지만 또 다른 이유가 있다.

1857년 인도 군인들이 영국 통치자들에 대항한 세포

이 항쟁 기간 농안 카블라 네루 숲은 학살 현상이었다. 세포이 항쟁에서 사망한 영국인과 인도인 시체 수백 구가 쿠니 호수에 버려졌다. 사람의 시신뿐만 아니라, 말과 같은 동물들 사체도 버려졌다.

쿠니 호수에서 '쿠니'는 힌디어로 '피로 가득 찬'이라는 뜻이다. 호수에 버려졌던 시신과 사체에서 나온 피들로 인해 호수가 붉게 물들었다고 해서 붙여진 이름이다.

풍문에 따르면 가끔 이유 없는 자살이나 익사 사고가

쿠니 호수(Khooni Jheel)
주소: Kamla Nehru Ridge, Civil Lines, Delhi, 110007 인도

일어난다고 한다. 쿠니 호수에 빠진 사람들은 알 수 없는 힘에 의해 빨려 들어갔다고 말한다. 더욱 이해하기 힘든 점은 쿠니 호수의 깊이는 성인 남자가 충분히 설 수 있는 깊이라는 것이다.

쿠니 호수는 겨울철이면 철새들이 몰려드는데, 오리를 사냥하는 사람들에게 명당으로 알려져 있다. 사냥꾼들은 쿠니 호수에 방문하여 아름다운 호수의 풍경을 즐기며 오리 사냥을 한다. 하지만 총에 맞은 오리가 쿠니 호수 깊은 곳에 떨어진다면 오리를 줍기를 쉽게 포기한다고 한다. 알 수 없는 힘에 의해 호수 속으로 빨려 들어가고 싶지 않기 때문이다.

쿠니 호수에서는 유령들도 자주 목격된다. 영국인 장교, 인도 군인들, 어머니를 찾아 통곡하는 죽은 아이들, 누더기를 입은 유령의 마부, 영국 여성들, 머리가 없는 말을 타고 녹슨 검을 휘두르는 노인 등 다양한 모습을 한 유령들이 쿠니 호수 주변을 떠돈다고 한다.

세포이 항쟁으로부터 160년 남짓 흐른 현재에도 쿠니 호수의 피비린내는 멈추지 않는다. 쿠니 호수의 아름다운 풍경은 낮에만 즐길 것을 추천한다. 그리고 쿠니 호수를 걷는 방문자들은 최대한 호수 멀리서 걷기를

권한다. 그렇지 않으면 자신도 모르는 사이에 차가운
호수 속으로 걸어 들어가고 있는 스스로를 발견할지도
모른다.

일몰 후 입장 금지!
불리 바티야리 궁전

불리 바티야리 궁전은 뉴델리의 카롤 바그Karol Bagh 시장 옆에 위치한다. 번화한 시장 옆에 서 있는 으스스한 성인 불리 바티야리 궁전은 14세기에 피루즈 샤 투글라크Firuz Shah Tuglaq가 지은 사냥을 위한 저택이다. 아치 모양 입구를 지나면 정사각형 구조로 된 마당을 볼 수 있다. 안으로 들어가면 사냥철에 머물렀던 사람들이 사용했던 방들이 있다.

불리 바티야리 궁전의 이름에는 두 가지 유래가 있다. 첫 번째는 이슬람 신비주의인 수피파Sufi 성인의 이름으로부터 유래되었다는 설이다. 불리 바티야리 궁전은 투글리크 왕조 이후 '부 알리 바크티야리Bhu Ali Baktiyari'라는 이름의 수피파 성인의 거주지가 되었는데 수피파

불리 바티야리 궁전(Bhuli Batiyari Ka Mahal)
주소: Central Ridge Reserve Forest, New Delhi, Delhi 110001 인도

성인의 이름이 왜곡되어 불리 바티야리 궁전으로 불렸다는 설이다. 두 번째는 불리 바티야리 궁전에서 살던 라자스탄 출신 여성의 이름인 바티야린Batiyarin에서 유래되었다는 설이다.

　불리 바티야리 궁전은 유령이 많이 출몰하는 유적지로 알려져 있다. 이 거대한 구조물을 지키고 있는 것은 입구에 적힌 글이 전부인데, 해가 진 후에 근처에 오지 말라는 내용이다. 사실 예전 불리 바티야리 궁전에는 정부 소속 경비원들이 근무했다. 하지만 경비원들이 고작 이삼일 동안 근무하고 더는 버티지 못하겠다며 전부 도망갔다고 한다. 혹시 유령을 본 것은 아닐까?

소문에 등장하는 유령은 불리 바티야리 궁전의 이름이 유래된 두 번째 설과 관련이 있어 보인다. 바티야린이라는 여성이 라자스탄 왕에게 버림을 받은 후 이곳저곳을 떠돌다가 불리 바티야리 궁전에서 살게 되었다. 시름시름 앓던 바티야린은 죽게 되었고, 그녀가 죽은 후 불리 바티야리 궁전을 지날 때면 그녀의 애절한 통곡 소리가 들린다는 소문이 있다.

하지만 그녀가 불리 바티야리 궁전에서 살게 된 이유에 대해선 이견이 분분하다. 라자스탄 왕에게 버림을 받고 궁전에서 살게 된 것이 아니라 본래 그녀가 불리 바티야리 궁전의 여성 관리인이었다는 설도 있다. 어찌 되었든 불리 바티야리 궁전에 의문의 여성이 통곡하는 소리가 들린다는 소문은 변함이 없다.

불리 바티야리 궁전에서 여성의 통곡뿐만 아니라 다른 기묘한 일도 일어난다고 한다. 불리 바티야리 궁전에 들어간 관광객들이 방문을 기념하기 위해 이곳저곳을 돌아다니며 사진을 찍은 후 나중에 찍힌 사진들을 확인해보니 의문의 물체가 찍혀 있다든지, 사신 속에 찍혔던 건축물이 사라지거나 기형적인 모습으로 변하는 현상들이 일어난다고 한다.

현재 불리 바티야리 궁전은 방문하는 관광객들이 거의 없어 폐허가 되다시피 버려졌으며, 정부 소속의 경비원들도 더 이상 근무하지 않아 더욱 음산한 분위기를 뿜어낸다. 하지만 불리 바티야리 궁전의 철문은 언제나 열려 있다. 물론 철문 안으로 들어가려면 제법 고민이 필요하겠지만.

아가르센 키 바울리의
검은 물

　아가르센 키 바올리는 뉴델리 중부 코넛 플레이스 Connaught Place 인근 헤일리 로드Hailey Road에 있는 계단이다. 길이 60미터, 폭 15미터, 108개의 계단으로 이루어져 있으며 누가, 언제 아그라센 키 바올리를 지었는지에 대한 정확한 역사적 기록은 전해지지 않는다.

　초기 계단의 유래는 인도의 대서사시인『마하바라타 Mahabharata』를 통해서 추정할 수 있다. 계단의 초기 건축물은 마하바라타Mahabharata 시대의 우그라세나Ugrasena라는 수라세나국 왕에 의해 지어졌다고 한다. 이후 마하라자 아그라센의 후손으로 전해지는 부유한 아그라왈Agrawal 공동체에 의해 계단이 현재 모습으로 재건되었다고 한다. 따라서 현재 남아 있는 건축물은 델리의 투글라크

아가르센 키 바올리(Agarsen Ki Baoli)
주소: Hailey Road, KG Marg, near Diwanchand Imaging Centre,
New Delhi, Delhi 110001 인도

통치 기간인 14세기에 만들어진 것으로 추정된다.

현재는 인도 고고학 조사단이 관리하고 있는데, 이 독특한 건축물은 발리우드Bollywood 영화에도 자주 등장한다. 이렇게 뉴델리에서 유명한 촬영장소 중 하나로 손꼽히는 아가르센 키 바올리에는 과연 어떤 괴담이 있을까.

아가르센 키 바올리는 단순한 계단이 아닌 계단식 우물이었다. 오래전 아가르센 키 바올리의 중앙에는 검은색 물이 가득 차 있었다. 이 검은 물에는 소름끼치는 별명이 있는데, 바로 '자살의 검은 물'이다. 전해지는 이야기에 따르면 물을 바라보던 사람들이 최면에 빠지기라도 한 듯 물속으로 걸어 들어가 자살을 했다고 한다. 다행히도 현재 아가르센 키 바올리의 검은 물은 모두 말라 존재하지 않는다. 물이 증발함에 따라 자살 사건에 대한 소문도 없어지게 되었다.

그 대신, 아가르센 키 바올리에 유령이 출몰한다는 소문이 돈다. 이곳을 방문했던 사람들은 이상한 소리를 듣거나 유령 같은 형체를 목격했다고 한다. 어떤 사람들은 아가르센 키 바올리에 박쥐와 비둘기 떼가 몰려다니며 사람들을 위협한다고 말한다.

상상을 해보자. 폭우가 내려 아가르센 키 바올리에 물이 차오르기 시작하면 검은 물의 저주가 다시 시작되지 않을까?

드와르카 섹터 9 지하철역의
귀신 들린 나무

드와르카Dwartka는 델리에서 가장 큰 구역 중 하나이며 56.48㎢ 지역에 퍼져 있다. 드와르카 구역에는 총 8개의 지하철역이 있으며, 그중 하나는 초자연적인 현상이 발생하는 곳으로 알려져 있다. 바로 드와르카 섹터 9의 지하철역이다. 특히 지하철역 앞에 오래된 나무가 있는데, 이 나무는 귀신 들린 나무라고 알려져 있다.

드와르카에 위치한 나무는 피팔Peepal 나무이다. 힌두 신화에 따르면 피팔 나무는 행운의 여신 락슈미Lakshmi와 비슈누Vishnu 신이 머무는 곳으로 힌두교도들에게 신성시되는 나무이며 신을 숭배할 때 사용된다. 그런데 이렇게 성스러운 나무에 어쩌다 귀신 들린 나무라는 오명이 생긴 것일까?

드와르카 섹터 9 지하철역(Dwarka Sector 9 Metro Station)
주소: Dwarka Sector 9, Dwarka, New Delhi, Delhi 110075 인도

　드와르카 피팔 나무 주변에서 목격되는 유령은 크게 두 가지다. 첫 번째는 여자아이 유령이다. 많은 사람이 밤이 되면 여자아이가 피팔 나무를 드나들며 퇴근을 하는 행인들을 놀라게 하거나 심지어 공격하려는 것을 목격했다고 한다. 과거 드와르카 섹터 9 지하철 공사를 하던 중, 한 소녀의 시신이 해당 지역에서 발견되었는데 사망원인이 밝혀지지 않은 채 공사가 마무리된 사건이 있었다. 그 후 여자아이 유령이 계속해서 목격된다.

두 번째는 하얀 사리를 입은 성인 여성 유령이다. 많은 사람들이 하얀 사리를 입고 있는 영국 백인 여성의 유령이라고 말한다. 19세기 초 드와르카 주변 지역은 영국군과 인도인의 전투지역이었는데, 전투 중 사망한 영국 군인 부인의 망령으로 추정된다.

여성에 대해서는 다른 이야기도 존재한다. 한 영국 여성이 길을 건너던 중 한 차량에 의해 사고를 당했고 운전자는 시신을 수습하지 않고 도망갔다. 하지만 실제로는 여성이 아직 살아 있었고 아무도 여성을 발견하지 못해 결국 싸늘한 시신이 되고 말았다. 그날부터 사람들은 이 나무 주변에서 목격되는 여성이 자신을 죽인 운전자를 찾기 위해 차량을 뒤쫓는 것이라고 믿는다.

현재까지 피팔 나무 근처에서 목격되는 유령의 미스터리는 풀리지 않고 있으며, 유령의 정체와 죽음의 주된 원인 또한 밝혀지지 않았다. 유령은 주로 밤에 목격되어서 사람들은 밤에 그곳 주변을 지나가는 것을 피한다.

흉흉한 소문 때문에 피팔 나무를 제거하려고 했던 적도 있었다. 하지만 피팔 나무를 제거하는 임무를 맡았던 건설업자가 결국 두 손을 들고 말았다. 작업 기간 중 흰 사리를 입은 여성이 무서운 모습으로 꿈에 나타

신을 숭배하기 위해 사용되는 피팔 나무

나 나무에 손대지 말라고 경고를 했는데, 그 일에 참여하려고 했던 노동자들도 똑같은 꿈을 꾸었다고 한다. 심지어 노동자들의 말에 따르면 작업 중 의문의 여성이 나타나 보이지 않는 곳에서 그들을 때리거나 기계를 멈추는 등 방해를 멈추지 않았다고 한다.

결국 작업을 끝낼 수 없었던 건설업자는 피팔 나무를 제거하는 것을 포기하고 나무 앞에 작은 사원을 설치해 놓았다고 한다. 이후 사람들은 피팔 나무의 유령을 위로하기 위하여 힌두 신의 사진을 나무에 붙여놓고 향을 피워놓았다.

당신이 만약 밤에 드와르카 섹터 9 지역의 피팔 나무 주변을 지날 때 하얀 사리를 입은 여자가 나타나 차를 태워달라고 하면 못 본 척 지나가는 것이 신상에 좋을 것이다.

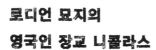

로디언 묘지의
영국인 장교 니콜라스

1808년에 세워진 로디언 묘지는 뉴델리에서 가장 오래된 영국식 공동묘지이다. 로디언 묘지에는 1960년대까지 사람들이 매장되었으며 그 후 사용이 중지되었다. 이 묘지에는 대부분 1808년에서 1867년 사이에 기독교 공동체에 속했던 사람들이 묻혀 있다. 공동묘지 곳곳에는 19세기 인도에서 콜레라가 처음 발생했을 때 사망한 동인도 회사 직원들과 그 가족들의 무덤도 있다. 또 1857년 세포이 항쟁에서 사망한 영국군 병사들도 묻혀 있다. 로디언 묘지는 2017년 보수공사를 진행했으며, 현재는 인도 고고학 연구소 관할이다.

로디언 묘지에 머리가 없는 영국 상교의 유령이 복격된다는 소문이 있다. 묘지를 방문한 사람들은 한 남자

로디언 묘지(Lothian Cemetry)
주소: Netaji Subhash Marg, Priyadarshini Colony, Kashmere Gate,
New Delhi, Delhi 110006 인도

가 묘지의 곳곳을 돌아다니며 누군가의 이름을 부르는 것을 들었다고 주장한다. 이후 사람들은 목격되는 유령을 니콜라스라는 영국 장교라고 추정했다. 풍문에 따르면, 니콜라스라는 이름의 영국 장교가 인도 여성과 사랑에 빠졌지만 결혼할 수 없게 되자 머리에 총을 쏴 자살했다고 한다. 이런 소문으로 인하여 로디언 묘지는 영국인 장교 니콜라스의 출몰지로 사람들에게 각인되었다.

실제로 묘지를 방문해보면 굉장히 음산한 느낌이 든다. 무덤 주변에는 쓰레기가 널려 있으며, 시설들은 노후화되어 있다. 많은 유튜버와 크리에이터들이 니콜라스를 만나기 위해 로디언 묘지를 방문했지만, 니콜라스를 영상으로 담은 사람은 단 한 명도 없었다고 한다. 니콜라스 대신 관찰되었던 것은 둘만의 장소를 찾던 커플, 술 마실 곳을 배회하던 술주정뱅이, 하룻밤 잠을 청할 장소를 찾던 거지뿐이었다.

어쩌면 니콜라스는 관리가 되지 않는 공동묘지를 보고 불만을 느껴 다른 곳으로 이사를 간 것은 아닐까?

잘린 목이 전시되었던
쿠니 다르와자

　뉴델리 중부 바하두르 샤 자파르 마르그Bahadur Shah Zafar
Marg에 위치한 쿠니 다르와자는 힌디어로 번역하면 '피
의 문'으로 해석된다. 쿠니 다르와자는 16세기 중반 북
인도를 지배한 아프간 왕조인 수르Sur 제국의 창시자 셰
르 샤 수리Sher Shah Suri에 의해 건설되었다. 처음에는 아프
가니스탄으로 가는 캐러밴Caravan, 즉 낙타를 타고 이동
하는 상인무리들이 이 문을 통과하여 여정을 떠났다.
따라서 아프가니스탄의 수도였던 카불Kabul에서 유래되
어 당시에는 카불리 다르와자Kabuli Darwaza로 불렸다.

　하지만 현재 이름인 쿠니 다르와자를 보면 이 문에
얽힌 다른 역사가 있는 것을 눈치챌 수 있다. '피의 문'
이라는 뜻을 가진 만큼 잔혹한 역사가 쿠니 다르와자와

쿠니 다르와자(Khooni Darwaza)
주소: Khooni Darwaza, Bahadur Shah Zafar Marg, Balmiki Basti,
Vikram Nagar, New Delhi, Delhi 110002 인도

얽혀 있다.

쿠니 다르와자에 얽힌 첫 번째 비극은 16세기 후반 무굴제국 황제 아크바르Akbar의 장남 자한기르Jahangir가 시인이자 아크바르의 정신적 스승이었던 압둘 라힘 칸-이-카난Abdul Rahim Khan-i-Khanan의 아들들을 반역자로 몰아 살해하면서 시작되었다. 살해된 시체들이 쿠니 다르와자 문 위에 전시되었고 썩어가며 새들에게 먹혔다.

그러나 이는 시작에 불과했다. 무굴제국 6대 황제 아

우랑제브Aurangzeb는 제위를 자신에게 물려주지 않으려는 아버지 샤 자한Shah Jahan을 아그라 성에 투옥시킨 후, 후계자로 지목되었던 형 다라 시코Dara Shikoh를 참수했다. 그리고 형의 머리를 쿠니 다르와자에 전시했다.

머리를 전시한 잔혹한 역사 이외에도 쿠니 다르와자에서 일어난 피로 물든 비극들이 있다. 세포이 항쟁 당시, 영국 장교 허드슨Hudson 대위가 바하두르 샤 자파르 황제의 아들과 손자를 데리고 성문을 지나가고 있었다. 군중은 황제의 아들과 손자를 풀어주라고 요구하며 그들을 둘러쌌고, 허드슨 대위는 갑자기 모여드는 사람들에 당황한 나머지, 황제의 아들과 손자를 비롯한 무굴 제국의 왕족들을 죽이고 시체를 훼손하여 유기했다고 한다. 이로 인해 영국 정부가 허드슨의 대처에 대해 맹비난을 했지만, 사건은 흐지부지되어 허드슨은 처벌받지 않았다고 전해진다.

마지막 비극은 1947년 인도가 파키스탄과 분단되던 당시에 벌어졌다. 당시 인도-파키스탄이 힌두교-이슬람교 진영으로 분단되면서 인도 내 힌두교와 이슬람교 간 갈등이 고조되고 있었다. 그러던 중, 쿠니 다르와자 앞을 지나던 난민들이 종교로 인한 폭동에 휘말리게 되었고 수백 명이 아무런 죄도 없이 살해당했다.

쿠니 다르와자 주변 주민들은 과거 죽은 사람들의 억울한 원혼들이 여전히 출몰하고 있다고 증언한다. 때때로 원혼들은 쿠니 다르와자를 지나는 사람들을 놀라게 하거나 위협을 가한다고 한다.

쿠니 다르와자는 으스스한 분위기를 내는 장소이지만 그곳에 얽힌 역사를 들어보면 그곳에 출몰하는 유령들이 무섭다기보다는 아무런 죄 없이 죽어간 원혼들이라는 생각에 마음이 숙연해진다.

산제이 숲 곳곳에 놓인 무덤들에서
목격되는 유령들

산제이 숲은 뉴델리 남부 바산트 쿤즈Vasant Kunj 주변에 위치한 숲이며 면적은 800에이커에 이른다. 숲으로 들어가는 출입구는 총 3개인데 입장료는 따로 필요하지 않다. 산제이 숲은 아름다운 자연경관으로 유명하여 아침저녁으로 많은 사람이 산책을 위해 찾는다. 숲의 환경이 잘 보존된 덕분에 산제이 숲에서는 다양한 새들을 관찰할 수 있다. 그래서 이곳은 델리의 작은 조류 보호구역이라고도 불린다.

많은 사람들이 산제이 숲을 산책하다가 유령을 목격했다고 한다. 특히 산제이 숲에는 신원미상의 무덤들이 많이 있는데, 이 무덤들 주변에서 이상한 현상들이 자주 일어난다고 한다. 때때로 누군가가 우는 소리, 아이들이 비명을 지르는 소리, 웃음소리, 무언가를 손톱으로 긁는 소리 등이 들려오며, 누군가가 지켜보는 듯한 느낌을 받는다고 말한다. 또 흰 사리를 입은 여성과 오래전 사망한 이슬람 수피파 성인들이 거닐고 있는 모습이 목격된다는 소문도 있다.

산제이 숲에 있는 신원미상의 무덤들은 11세기경 델리 지역에 처음 세워졌던 도시인 킬라 라이 피토라Qila Rai Pithora와 연관된 것으로 추정된다. 당시 도시에서 거주하

산제이 숲(Sanjay Forest)
주소: Sanjay Van, New Mehrauli Road, Qutab Institutional Area,
New Delhi, Delhi 110016 인도

던 사람들이 죽으면 산제이 숲 근처에 매장했는데, 오랜 기간이 지나면서 무덤이 관리되지 않아 현재의 모습으로 방치된 것으로 추정된다. 또 14세기 수피파 성인이었던 하즈라트 셰이크 샤하부딘 아시칼라Hazrat Sheik Shahabuddin Ashikala의 것으로 추정되는 무덤도 존재한다. 그래서인지 아시칼라로 추정되는 유령이 밤늦게 산책하는 것을 본 사람들도 적지 않다.

　낮에 산제이 숲을 걷다 보면 산책 중인 많은 사람을 만날 수 있다. 아름다운 경관과 평화로운 분위기 때문에 귀신이 등장하는 곳이라고 전혀 생각지 못한다. 하지만 산제이 숲 곳곳에는 밤에 숲을 출입하지 말라고 쓰인 표지판이 있다. 물론, 숲을 관리한다는 이유로 밤에 출입을 금한다고 알려져 있지만, 혹자들은 숲을 떠도는 망령과의 조우를 막기 위해서 밤에 산제이 숲을 출입하는 것을 막는다고 말한다.

델리 캔톤먼트 도로에서의
히치하이킹

델리 캔톤먼트, 현지 사람들은 델리 캔트라고도 부르는 이 지역은 과거 영국군이 인도에 주둔할 당시 만들어진 군인을 위한 구역이다. 델리 캔트는 면적이 10,000에이커에 달하며, 근처에는 델리 대학교가 있다.

델리 캔트에서 문제가 되는 곳은 바로 델리 캔트 지하철역 부근에 위치한 델리 캔트 도로이다. 도로를 지나는 많은 운전자들이 흰색 사리를 입은 여성 유령을 보았다고 주장한다. 실제로 100명 이상이 델리 캔트 도로에서 여인을 목격했으며 그중 의문의 교통사고로 10여 명이 사망했다.

전해지는 이야기에 따르면, 흰색 사리를 입은 여성은 자정 무렵 도로변에 서서 운전자들에게 차를 태워달

델리 캔톤먼트(Delhi Cantonement) 지역의 지하철역
주소: Delhi Cantt, South West Delhi, Delhi, 110010 인도

라고 부탁한다. 더욱 무서운 것은 흰 사리를 입은 여성
은 90대 노인이며, 자신의 히치하이킹을 거부할 경우
달리는 자동차 옆으로 계속 따라와 위협을 가한다는 소
문이다. 그녀로부터 안전하게 벗어나는 방법은 노인이
히치하이킹을 할 경우 친절하게 응하는 것이다. 노인을
태워주기 위해 차를 멈추고 백미러를 보는 순간 노인은
온데간데없이 사라진다고 한다.

그렇다면 델리 캔트 도로에 왜 흰 사리를 입은 90대

여성이 나타나는 것일까? 사람들이 추정하기로는 과거
델리 캔트 도로에서 히치하이킹을 하던 한 노인이 교통
사고로 사망하면서부터 유령이 등장했다고 한다.

혹시라도 델리 캔트 지역을 지날 때 흰 사리를 입은
나이든 여성이 히치하이킹을 하면 공손하게 차를 세우
고 응해주자.

카르카르두마 법원의
의문의 그림자

　뉴델리 동부에 위치한 카르카르두마Karkardooma 법원단
지에는 유령이 등장한다는 소문이 돈다. 종일 분주했던
법원단지가 저녁만 되면 으스스한 분위기로 바뀌는데,
법원단지 사무실 직원들은 사무실에서 영혼이 배회하
는 것을 자주 보았다고 한다. 어떤 변호사들은 차를 마
시던 중 테이블 위에 놓인 찻잔이 스스로 움직여 바닥
으로 떨어지는 것을 보기도 했으며, 법원 내 도서관에
서 여러 번 유령을 보았다고 말했다.

　이러한 흉흉한 소문 때문에 법원당국은 CCTV를 통해
그들의 소문을 입증하려 시도했고, 마침내 카메라에 유
령의 모습을 담을 수 있었다.

　카르카르두마 법원단지 변호사협의회에 따르면, 법

원도서관과 사무실 등을 포함하여 총 8대의 CCTV 카메라를 설치했다. 카메라를 설치한 다음 날, 영상을 확인하자 놀라운 광경을 목격하게 되었다. 즉, 영상에는 전날 오후 11시 30분경 벽에서 하얀 그림자가 나오고, 컴퓨터가 저절로 켜지고, 서랍이 열리고 서류철들이 날아다니는 모습들이 담겨 있었던 것이다.

변호사와 직원들은 의문의 현상들과 유령의 정체에 대해 두 가지 사건과 관련이 있을 것이라고 주장한다.

주소: Maharaja Surajmal Marg, Arjun Gali, Vishwas Nagar, Shahdara, New Delhi, Delhi 110032 인도

첫 번째는 인도 북부의 우타라간드Uttarakhand 지역에서 발생한 홍수로 인해 카르카르두마 법원에서 일하던 변호사가 그의 가족과 함께 휴가를 갔다가 사망한 사건, 두 번째는 카르카르두마 법원단지에서 일하던 전기 기술자가 작업 도중 감전사한 사건으로 그 후부터 유령이 등장했다는 설이다.

그러나 미스터리한 사건들의 발생 원인을 조사한 한 전문가는 모든 사건의 원인이 전자파 때문에 발생한 현상이라고 말했다. 컴퓨터가 자동으로 켜진 현상은 컴퓨터 내에 설치된 자체 소프트웨어 때문이며, 카메라에 찍힌 의문의 형상은 법원단지 안에 있는 발전소에서 발생하는 전자기파로 인해 CCTV 카메라가 영향을 받았다는 것이다.

하지만 이러한 전문가의 분석에도 불구하고 법원에서 일하는 변호사와 직원들은 여전히 카르카르두마 법원을 떠도는 영혼들의 존재를 부정하지 않는다.

말차 궁전에서
쓸쓸히 죽어간 공주

말차 마할Malcha Mahal은 윌라야트 마할Wilayat Mahal이라고도 알려져 있으며, 뉴델리 남부의 부유한 지역인 차나키야 푸리Chanakyapuri에 위치한 투글라크Tuglahq 왕조 시대의 유적이다. 과거 말차 마할은 사냥 오두막으로 쓰였다.

말차 마할에는 흉흉한 소문이 도는데, 과거 비극적인 사건으로 인한 원한 때문에 말차 마할을 방문하는 일부 사람들은 흔적도 없이 실종되었다는 것이다. 1600년 술탄이었던 피루즈 샤 투글라크Firuz Shah Tuglaq에 의해 지어진 말차 마할은 인도 북부 아와드Awadh 지역을 통치하던 오우드Oudh 왕족과 연관이 있다.

과거 이와드 지역의 왕이었던 나와브 와지드 일리 Nawab Wajid Ali가 영국인들에 의해 폐위되고 재산이 압류되

말차 궁전(Malcha Mahal)의 입구
주소: J55J+RFV, Malcha, New Delhi, Delhi 110021 인도

자 그의 증손녀인 베굼 윌라야트 마할Begum Wilayat Mahal 공
주는 인도 정부에 그들의 재산을 되찾기 위한 요구를
지속적으로 해왔는데, 그 재산 중에는 말차 마할도 있
었다. 마침내 요청이 받아들여져 1985년에 말차 마할은
베굼 윌라야트 마할 공주의 소유가 되었고, 윌라야트
마할이라고도 불리게 되었다.

그러나 오우드 가문은 말차 마할을 되찾았음에도 불
구하고 행복한 생활을 영위하지 못했다. 오우드 왕족

의 영향력이 인도 사회 내에서 점점 줄어듦에 따라 재산 역시 감소했고 말차 마할에 사는 베굼 윌라야트 마할 공주의 가족 역시 생활고에 시달리게 되었다. 이에 비관한 공주는 결국 1993년에 자살했다.

사람들은 그녀가 죽자 왕족이라는 이유로 많은 재산이 성에 숨겨져 있을 것이라고 믿었고 성에 잠입하여 금품을 훔쳐가기도 했다. 이러한 만행 때문에 그녀의 자식들은 윌라야트 마할 공주를 쉽게 매장할 수 없었고 1년 후에나 공주를 화장할 수 있었다.

비극은 여기서 멈추지 않았다. 계속해서 생활고에 시달리던 가족들이 언론을 통해 다른 재산에 대한 권리를 주장했으나 받아들여지지 않았다. 결국 윌라야트 마할 공주의 아들이었던 알리 라자Ali Raza는 생활고에 시달리다가 2017년 9월 성에서 숨진 채 발견되었다.

이후 성에 방문한 사람들이 실종되는 사건이 발생했고 오우드 가문의 원혼들이 그들의 금품을 노리는 사람들에게 저주를 내린다는 소문이 돌기 시작했다. 역사를 알고 보면 무섭다기보다는 재산을 잃고 외롭고 쓸쓸히 죽어간 오우드 가문 사람들이 불쌍하게 느껴진다.

뉴델리 시내 곳곳에 등장하는
몽키맨

몽키맨은 2001년 뉴델리를 공포에 떨게 했던 유인원 같은 생명체다. 2001년 5월, 원숭이의 모습을 한 괴생물체가 사람들을 공격한다는 이야기가 돌기 시작했다. 목격자들의 진술에 따르면, 해당 괴생물체는 키 120cm 정도에 검은 털로 덮인 원숭이의 형상이었다. 특이한 것은 해당 생물체가 사람과 원숭이의 혼합된 외형을 갖고 있는데 헬멧을 쓰고 바지를 입고 금속으로 된 날카로운 손톱으로 사람을 공격했다는 점이었다. 일부 사람들은 몽키맨이 힌두교의 원숭이 신 하누만Hanuman의 화신, 즉 아바타Avatar라고 주장하기도 했다.

뉴델리의 많은 사람들이 몽키맨과 마주치고 그에게 공격을 당했다고 신고했고, 몽키맨을 보고 놀란 몇몇

힌두교의 원숭이신 하누만(Hanuman)
주소: 뉴델리(New Delhi) 전역

사람들은 건물 꼭대기나 계단에서 떨어져 다치거나 죽기도 했다. 사건은 뉴델리 빈민가에 위치한 집들의 지붕이나 외곽에 있는 공터에서 주로 발생했다. 목격과 신고가 끝없이 이어졌고, 몽키맨을 잡기 위해 경찰이 총력을 다했지만, 결국 잡는 데에 실패했다.

뉴델리 경찰 당국은 몽키맨이 원숭이의 형상을 하고 있다는 점을 근거로 뉴델리 동물원에도 연락을 취했으나, 전문가들은 먼저 도발하지 않는 이상 원숭이가 인간을 먼저 공격하는 일은 매우 드물다고 답변했다.

또 몽키맨에게 공격을 당한 피해자들을 대상으로 건강검진을 했지만, 구체적인 증거를 수집하는 데에 실패했다. 당시 건강검진을 진행했던 의사는 피해자들의 몸에 난 상처들은 동물로부터 발생한 상처로 확인되며 사람의 신체 구조로 발생시킬 수 있는 상처가 아니라고 분석했다.

경찰이 쉽게 몽키맨을 잡지 못하자 무기로 무장한 청년들이 거리를 순찰하기 시작했다. 당시 거리를 순찰하던 청년들도 몽키맨을 목격했지만 몽키맨을 체포하는 데에는 실패했다. 몇몇 전문가들은 몽키맨 현상을 보고 집단 히스테리의 일종이라고 결론을 내리기도 했다.

북인도

북인도(North India)는 인도의 북부지역을 말한다.
피부색이 하얀 아리안(Aryan) 계통 인종이 주로 거주한다.
인도의 역사에서 중요한 도시들이 위치하기 때문에
유적지와 같은 관광지가 발달되어 있다.
최북단으로 갈수록 기후가 선선해져
많은 관광객들이 휴양하기 위해 방문한다.

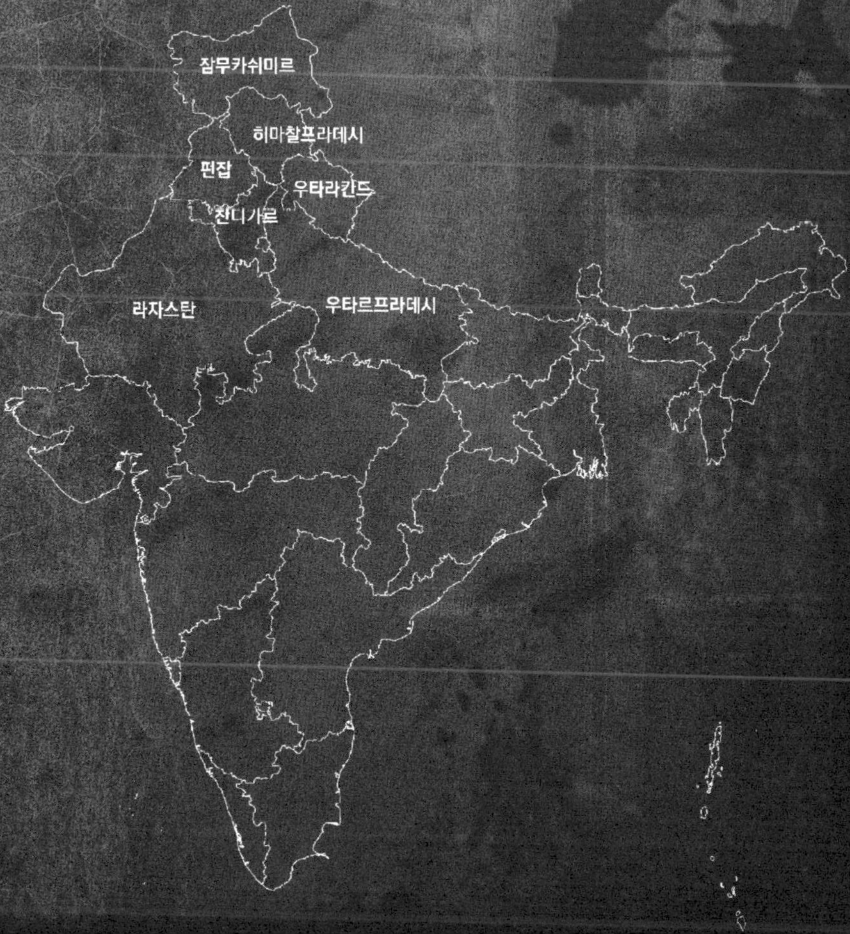

잠무카쉬미르

히마찰프라데시

펀잡

우타라칸드

찬디가르

라자스탄

우타르프라데시

바로그 33번 터널의
바로그 대령

히마찰프라데시Himachal Pradesh 주 솔란Solan 지역에 바로그 33번 터널이 있다. 이 바로그 33번 터널로 철도가 통과하는데, 이 철도는 뉴델리 근처 도시인 칼카Kalka에서 출발해 인도 북부 도시인 심라Shimla까지 약 100km에 달한다. 열차는 총 880여 개의 교량과 102개의 터널을 통과하며, 열차가 지나는 철도 주변은 다양한 종류의 나무가 자라 있는 숲 덕분에 경관이 아름답다.

바로그 터널 주변에는 바로그 마을이 있는데, 이 마을은 히말라야 산기슭에 위치하여 매우 춥다. 영국이 인도를 지배하던 당시 기차는 바로그 마을 주변에 정차했기 때문에 사람들은 그곳에서 식사를 해결했다. 그렇다면 왜 터널과 마을의 이름이 바로그일까? 이 터널에

바로그 33번 터널(Barog No.33 Tunnel)
주소: SSN School Rd, Barog, Himachal Pradesh 173229 인도

숨어 있는 이야기는 다음과 같다.

　1898년 바로그 대령은 33번 터널 작업을 위해 이곳으로 배정되었다. 바로그 터널의 길이는 정확히 1,143.61m로 설계되었으며, 그는 이를 완공하기 위해 작업 대원들과 함께 건축계획을 세웠다. 터널 시공을 위해 산의 양쪽에서 드릴로 구멍을 만들어 가운데에서 만나는 작업이 필요했다. 그러나 알 수 없는 이유로 드릴이 중앙에서 만나지 못했다. 작업을 진행하면서 계속

착오가 발생하사 바로그 대령은 자신이 세운 시공계획에 오류가 있음을 깨달았고, 터널은 결국 완공되지 못하고 말았다.

영국 정부는 실패를 바로그 대령 탓으로 돌렸으며, 영국 재무부에 손실을 입혔다는 혐의로 그에게 벌금을 부과했다. 주변의 비난에 바로그 대령은 굴욕감을 느꼈고 그의 건축가로서의 명성은 실추되었다.

어느 날, 바로그 대령은 키우던 개와 완공이 되지 않은 터널 근처를 산책하다가 절망감을 느껴 권총을 꺼내 자살했다. 마을 사람들은 피투성이가 되어 쓰러져 있는 바로그 대령을 발견했는데, 그의 개는 너무 놀란 나머지 달아났다고 한다. 바로그 대령의 시신은 바로그 터널 주변에 묻혔고 그 후 터널 작업은 1903년에 해링턴 Harrington이라고 하는 건축업자에게 배정되었다.

하지만 해링턴 역시 시공 과정에서 양쪽에서 들어오는 드릴이 터널 중앙부에서 만나지 못해 어려움을 겪었다. 바로그 대령과 똑같은 착오가 발생하자 심상치 않게 여기던 사람들이 점술가를 찾아가 보라고 조언해주었고, 해링턴은 바바 발쿠Baba Balku라는 점술가에게 찾아가 터널 시공에 대해 조언을 구했다. 다행히 해링턴은 점술가로부터 해결책을 얻었고 무사히 터널 공사를 마칠 수 있게 되었다.

현재 바로그 33번 터널에는 바로그 대령으로 추정되는 유령이 자주 목격된다고 한다. 사람들은 터널에 울려 퍼지는 메아리를 통해 바로그 대령과 이야기를 나눌 수 있으며, 그가 말을 타거나 개를 데리고 주변을 서성이는 듯한 모습을 볼 수 있다고 한다. 정부에서는 작업이 까다로운 바로그 터널 공사를 책임감 있게 끝내려 했던 바로그 대령을 인정하여 추모의 의미로 터널을 바로그 터널이라고 명명했다.

그의 유령을 본 주민들은 유령이 무섭다기보다 친절한 느낌이었다고 이야기했다. 영국 정부의 비난에 죽음을 선택했던 바로그 대령의 명복을 빌어본다.

뒤마 해변
검은 모래의 비밀

뒤마 해변은 북서부에 위치한 구자라트Gujarat 주 수랏Surat에 위치했으며, 최고급 관광명소로 유명하다. 그런데 낮에는 관광객들로 넘치는 이 해변은 밤이 되면 분위기가 바뀐다.

해가 지면 관광객들은 모두 다른 곳으로 이동하고, 뒤마 해변은 유령 소굴로 변한다. 뒤마 해변은 특이하게도 모래가 검은색인데, 모래가 이렇게 검은 원인에 대해 알게 되면 뒤마 해변에서 더 이상 놀고 싶지 않을 것이다.

힌두교의 기본적인 장례의식은 죽은 사람을 화장하는 것이다. 뒤마 해변은 한때 힌두교의 화장지로 활용되었다. 이곳에서 수많은 힌두교도의 사체가 화장되었

뒤마 해변(Dumas Beach)
주소: Dariya Ganesh Marg, Dumas, 394550 인도

는데, 시신이 타고 남은 검은 재와 바닷가의 모래가 섞여 검은빛을 띠게 되었다는 이야기가 있다.

해가 지면 뒤마 해변에 유령들이 등장한다고 한다. 바닷가에서 누군가가 울거나 웃는 소리가 들려오며, 흰색의 형체들이 자주 목격된다고 한다. 또 뒤마 해변에서 밤에 머무는 관광객이나 현지인이 실종되는 사례가 자주 보고되며, 특히 아이를 태운 유모차들도 자주 사라진다고 한다. 과거 관광객들 중 몇 명은 혀가 튀어나온 채 해변가에 원인불명으로 사망한 채 발견되었다고 한다. 뒤마 해변에서 발생한 사건들은 모두 원인을 밝히지 못했으며 아직까지도 미제사건으로 남아 있다.

이곳에서 화장되었던 힌두교도들의 영혼이 뒤마 해변에 남아 있는 것일까? 어쩌면 그 영혼들은 이곳에 놀러 오는 살아 있는 자의 영혼마저 거두어가려고 하는 것은 아닐까.

사막 한가운데의
쿨다라 유령 마을

라자스탄 주 자이살메르Jaisalmer에서 남서쪽으로 약 18km 떨어진 곳에 위치한 쿨다라 마을은 귀신들이 산다고 소문이 나 있다. 7세기 동안 번영했던 쿨다라 마을은 1800년대 한 사건으로 인해 저주받은 마을로 전락했다.

쿨다라 마을은 원래 인도 북부 팔리Pali 지역 출신의 부유한 브라흐만Brahman이 거주하는 마을이었다. 브라흐만은 인도의 계급제도인 카스트Caste 제도에서 상위 계급이었던 만큼 마을은 풍요로웠다.

하지만 전설에 따르면 살림 싱Salim Singh이 가혹하게 세금을 거둬들여서 마을은 한순간에 몰락했다. 살림 싱은 탐욕스러웠기 때문에 마을 사람들에게 과도한 세금을 부과하고 있었다.

그러던 중, 살림 싱은 마을 이장의 아름다운 딸에게 반해서, 이장에게 자신에게 딸을 넘겨주지 않으면 마을 사람들에게 더욱더 높은 세금을 부과하겠다고 협박을 했다. 이장과 마을 사람들은 고민하다가 결국 이장의 딸과 마을 사람들의 삶을 구하기 위해 마을을 떠나기로 결정했다.

어느 날 밤, 이장은 마을의 모든 사람을 탈출시키고

쿨다라 마을(Kuldhara Village)
주소: Jiyai, Rajasthan 345001, Jaisalmer, 인도

마을을 버려둔 채 먼 곳으로 이동했는데, 마을을 떠나면서 살림 싱뿐만 아니라 그 누구도 쿨다라 마을이 있던 곳에 살 수 없을 것이라는 저주를 내렸다고 한다. 실제로 쿨다라 마을은 현재까지도 아무도 살지 않은 채 방치되고 있고, 이때부터 쿨다라 마을에는 유령들이 출몰한다는 소문이 돌기 시작했다.

하지만 막상 주민들의 이야기는 전해져 내려오는 전설과는 사뭇 다르다. 떠도는 전설들은 모두 풍문일 뿐이며 직접적인 증거는 아무것도 없다고 한다. 귀신이 등장한다든지, 초자연적인 현상이라든지 마을이 저주받았다고 할 만한 것들은 전혀 경험할 수 없다고 말한다. 오히려 쿨다라 마을이 무섭게 느껴지는 원인은 찾아오는 이가 아무도 없이 덩그러니 오랜 시간 방치되었기 때문이라고.

그럼에도 불구하고 많은 관광객들은 귀신이 나온다는 소문을 듣고 호기심에 이곳을 방문하려 한다. 이러한 점 때문에 최근 정부는 쿨다라 마을을 관광지로 활용하려는 계획을 발표했다. 관광객들 중에서 실체 없는 소문의 진실을 밝혀줄 누군가가 등장하길 바라본다.

저주 내린 마을,
방가라 요새

라자스탄 주 방가르Bhangarh에는 성이 있는데, 일명 방가라 요새로 불린다. 아름다운 외관과 주변 환경에도 불구하고 저주받은 곳으로 유명하다. 일몰 후에 방가라 요새에 들어간 사람들은 다음 날 나오지 못하며, 수많은 유령과 마주친다는 소문이 돈다. 이러한 소문 때문인지 저녁 6시 일몰 후에는 출입이 금지되어 있다.

방가라 요새의 역사는 17세기로 거슬러 올라간다. 문헌에 따르면, 무굴제국 황제인 아크바르Akbar의 고위 관료였던 만 싱Man Singh이 그의 아들 마도 싱Madho Singh을 위해 세운 것이다.

방가라 요새에 유령이 등장하게 된 것에는 두 가지 전설이 존재한다. 첫 번째 전설은 다음과 같다.

방가라 요새(Bhangarh Fort)
주소: Tehsil, Gola ka baas, Rajgarh, Bhangarh, Rajasthan 301410 인도

　마호 싱Maho Singh이라는 왕이 종교적 수행을 위해 방가
라 요새의 일부를 증축했다. 이후 마호 싱의 후계자 중
한 명이 마호 싱의 뜻을 더욱 기리기 위해 무리하여 방
가라 요새의 탑을 높게 증축했다. 하지만 이 탑의 그림
자가 구루 발루 나트라Guru Balu Natra라는 종교지도자가 머
무는 장소를 뒤덮었고, 이전부터 자신의 집에 그림자가
느리우시 않도록 신신당부한 구루 발루 니드리는 매우
분노했다. 분노한 그는 방가라 마을이 몰락할 것이라는

저주를 내렸고 이후 마을은 순식간에 몰락했다고 한다.

두 번째가 첫 번째 전설보다 더 유명하다. 전설에 따르면, 방가라 요새는 저주에 걸려 있는데 이는 라트나와티Ratnawati 공주와 관련이 있다. 당시 방가라 요새에 살고 있던 흑마법사 탄트릭Tantrik은 매우 아름다웠던 라트나와티 공주를 사랑하게 되었다. 마법사는 그녀가 자신을 사랑하도록 만들기 위해 공주가 사용하는 화장품에 자신이 만든 묘약을 몰래 섞어놓았다.

하지만 공주는 이를 눈치챘고 묘약이 섞인 화장품을 거대한 바위에 부어서 마법사의 음모를 저지했다. 바위는 곧이어 산 아래로 굴러떨어져 탄트릭을 덮쳤다. 탄트릭은 그 자리에서 숨을 거두게 되는데, 죽기 전 탄트릭은 그 어떤 영혼도 방가라 요새에서 평화롭게 살 수 없을 것이라고 저주했다고 한다. 이후 방가라는 주변 왕국의 침략을 받고 저주받은 마을이 되어 몰락하게 되었다.

죽기 전 저주로 인해 마을이 망했다는 이야기는 다소 설득력이 없어 보이지만, 저주가 진실인지 시험해보고 싶은 자가 있다면 일몰 후 방가라 요새를 방문해보라.

방가라 요새

유령이 나오는
메루트 GP 블록의 흉가

메루트Meerut는 우타르프라데시Uttar Pradesh 주에 있는 공
업 도시이다. 메루트는 도시개발, 인프라 성장, 인더스
문명의 고대 정착지로 유명하다. 빠르게 성장하는 도시
임에도 불구하고 메루트의 GP 블록은 수십 년 동안 개
발되지 않은 채 방치된 구역이며, 세월이 지나 황폐해
진 벽, 사방으로 뒤덮인 잡초들은 GP 블록에서 떠도는
괴담의 신빙성을 높여준다.

GP 블록에 유령이 출몰한다는 말은 메루트에서 유명
하다. 이곳에 있는 버려진 흉가들에서 유령이 여러 번
목격되었다고 한다. 어떤 사람들은 남자 4명이 탁자 위
에 촛불을 둘러싸고 있는 것을 보았다고 했다. 다른 목
격자들은 한 여성과 빨간 옷을 입은 소녀가 집 밖으로

나오다가 공중으로 사라졌다고 말한다.

GP 블록의 건물들은 현재 인도 방위군 관할이다. 인도 방위군은 GP 블록의 건물들을 장교들을 거주시키기 위해서 구매했지만, 1950년대까지만 사용되었고 이유는 밝혀지지 않은 채 현재까지 방치되고 있다.

유령이 목격되는 건물들은 GP 블록에 3개가 있다. 인도 방위군은 이러한 소문을 듣고 유령이 등장한다는 건물에 관리인을 고용하여 관찰하게끔 했다. 하지만 관

메루트 GP 블록으로 향하는 길
주소: Ganga Nagar, Meerut, Uttar Pradesh 250001 인도

리인이 목격한 것은 유령이 아닌, 방황하는 10대 청소년들이 몰래 해당 건물로 숨어들어 술을 마시거나 비행을 저지르는 것뿐이었다.

이에 실망한 한 블로거가 GP 블록에 등장하는 유령을 보겠다며 유령이 나온다는 흉가를 방문했다. 그가 건물에서 하룻밤 묵을 낭시 이상한 녹소리가 늘려왔고, 블로거는 그것이 유령이라고 생각하고 숨죽이며 기다리렸지만, 결국 그가 발견한 것 역시 방황하던 10대 청소년들이었다.

결국 GP 블록의 흉가에서 유령이 등장한다는 소문은 거짓으로 밝혀졌고 목격된 것은 관리가 되지 않는 건물들에서 여가시간을 보내려던 10대 청소년들이었다. 하지만 여전히 GP 블록 주변 사람들은 해당 건물에 유령이 출몰한다고 믿는다.

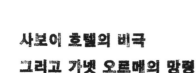

사보이 호텔의 비극
그리고 가넷 오르매의 망령

    사보이 호텔은 우타라칸드Uttarakhand 주의 도시인 무수리Mussoorie에 위치한 역사적인 특급 호텔이다. 이 호텔은 1902년 여름에 문을 열었고, 고딕 건축양식으로 지어져 고급스러운 외관을 갖고 있었다. 영국 장교들과 민간인들 사이에서 큰 인기를 끌었으며 현재도 전 세계 관광객들에게 매우 인기 있는 5성급 호텔이다. 실제로 자와할랄 네루, 달라이 라마, 인디라 간디 등 유명 인사들도 많이 방문했던 곳이다. 하지만 럭셔리한 외관에도 불구하고 이 호텔에는 과거에 끔찍한 사건이 벌어졌다.

    1911년 여름, 영국 여성 두 명이 사보이 호텔에 묵었다. 당시 사보이 호텔에 왔던 프랜시스 가넷 오르메 Frances Garnett-Orme와 에바 마운트스티픈Eva Mountstephen은 49세의

메루트 GP 블록으로 향하는 길
주소: Ganga Nagar, Meerut, Uttar Pradesh 250001 인도

나이로 친구 사이였다. 가넷 오르메는 직업이 특이했는데, 죽은 자의 혼령과 대화를 시도하는 심령술사였다. 그녀가 친구와 사보이 호텔을 방문한 것도 영국의 한 공무원이었던 혼령과 대화를 하기 위함이었다.

　하지만 가넷 오르메는 침대에서 죽은 채 발견되었

다. 그녀의 방문은 잠겨 있었고 그녀의 친구 마운트스
티픈은 그날 아침 이미 우타르프라데시Uttar Pradesh에 위치
한 도시인 러크나우Lucknow로 떠난 상태였다.

시체를 발견한 경찰은 마운트스티픈을 유력한 용의
자로 지목했다. 가넷 오르메의 시신을 부검한 결과 그
녀의 혈액에서 독소가 발견되었으며, 독소는 무색의 맹
독성 물질인 시안화수소hydrogen cyanide였다. 이후 마운트스
티픈은 가넷 오르메를 살해한 혐의로 법정에서 재판을
받았지만 증거 불충분으로 무죄를 선고받았으며, 여전
히 가넷 오르메가 죽은 원인은 밝혀지지 않았다.

이후 가넷 오르메의 유령은 밤마다 호텔을 돌아다니
며 자신을 살해한 독살범을 찾
아다니고 있다고 한다. 호텔 투
숙객들은 그녀의 비명이나 울
음소리를 들었거나 그녀를 직
접 목격했다고 주장한다.

사보이 호텔에 얽힌 사건과
괴담은 공포 소설의 거장인 애
거서 크리스티Agatha Christie의 『스
타일스 저택의 괴사건The Mysterious

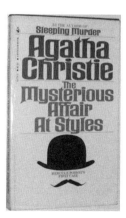

애거서 크리스티의 소설
『스타일스 저택의 괴사건』

Affair at Styles』에도 큰 영감을 주었다고 한다.

유명한 소설에게 영감을 주었다는 이야기와 가넷 오르메에 대한 괴담 덕분에 오히려 사보이 호텔을 찾는 관광객들은 많아졌다. 사람들은 여전히 호텔을 떠도는 가넷 오르메 유령을 만나기 위해 매년 사보이 호텔을 방문하고 있다.

조드푸르에서 발생한
의문의 굉음

2012년 12월 18일은 평범한 날이었다. 하지만 오전 11시 25분 조드푸르 상공에서 엄청난 굉음이 울렸고 주민들은 공포에 떨어야 했다. 그해 '12월 21일' 인류는 종말할 것이라는 루머가 돌고 있던 터라 조드푸르 주민들은 해당 소리가 인류의 종말이 임박했다는 경고음이라 받아들여 패닉에 빠지기도 했다.

굉음이 발생한 후 전문가들은 굉음의 정체를 밝히기 위해 조드푸르 지역에 위치한 군사시설에 접촉했고 군사 실험, 탄약 폭발 등의 이유를 추궁했다. 인도 국방부 대변인 콜 고스와미Col Goswami는 전문가들로부터 공식 조사가 시작되자마자 모든 것을 부인했고, 결국 어떠한 증거도 찾을 수 없었다.

전문가들은 해당 굉음의 정체를 '소닉 붐Sonic Boom'의 일종일 것으로 추정했다. 소닉 붐은 보통 항공기의 초음속 비행에서 발생하는 폭발음을 의미하며, 큰 에너지를 발생시킨다. 하지만 국방부 대변인 콜 고스와미는 소닉 붐일 경우 도시 지역의 기물 파손까지 이어질 수 있는데, 해당 사건에서는 이러한 현상이 나타나지 않았다며 이마저도 부정했다. 인도 공군IAF, India Air Force은 소닉 붐의 파괴력 때문에 오래전부터 도시 근처에서 소닉 붐

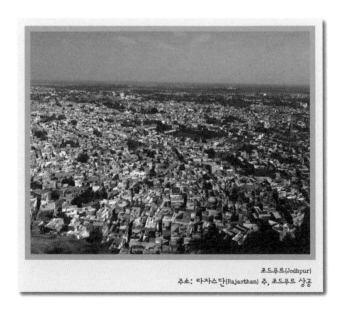

조드푸르(Jodhpur)
주소: 라자스탄(Rajasthan) 주, 조드푸르 상공

을 발생시킬 수 있는 모든 활동을 금지했다. 이 때문에 조드푸르 공군부대 내에서도 오랜 기간 시도조차 하지 않았다는 것이다.

이후 조드푸르 지역의 굉음은 인도 전역으로 알려졌고 '지구 종말'을 주제로 언론에서는 공개 토론회가 열리기도 했다. 하지만 당시 발생한 굉음의 정체에 대해서는 아직 밝혀진 것이 하나도 없다.

어찌 되었든 조드푸르 사람들은 이 굉음을 분명하게 들었다. 더욱 이상한 것은 굉음이 비슷한 시기에 다른 나라에서도 관측되었다는 것이다. 정말 지구 종말을 알리기 위한 신호음이었을까? 아니면 인도 국방부에서 실시한 실험의 일종이었을까? 그렇다면 인도 외에 다른 나라에서 보고된 비슷한 굉음은 어떻게 설명할 것인가? 여전히 모든 것이 의문스러운 상태로 남아 있다.

외계인의 기지,
콩카 라

콩카 라Kongka La는 히말라야산맥의 낮은 산등성이 지역
일대이며, 라다크Ladakh 주의 인도-중국 국경 지역에 위
치한다. 인도와 중국은 지속적인 영토분쟁을 겪고 있는
데, 콩카 라 지역이 바로 그 때문에 예민한 지역이다.
1962년 인도와 중국 군대가 이곳에서 전쟁을 벌이기도
했다.

현재 콩카 라 지역에 인도-중국의 물리적 충돌은 없
지만, 의외의 소문이 돌고 있다. 이 지역을 방문하는
관광객들과 불교 승려, 지역 주민이 빛을 내면서 하늘
을 나는 정체불명의 비행물체를 목격했다고 말한다. 최
근에는 힌두교 순례자들도 히말라야산맥 서쪽 부근에
서 순례 도중 괴비행물체를 목격했다고 한다. 괴비행물

콩카 라(Kongka La) 혹은 콩카 패스(Kongka pass)가 위치한 라다크 지역의 산등성이
주소: 라다크(Ladakh) 주 동부, 인도-중국 국경

체를 목격한 진술들을 살펴보면 비행물체는 삼각형 모양으로 수직으로 비행하는 특이한 움직임을 보여준다고 한다.

　콩카 라 지역은 인도와 중국의 분쟁지역임에 따라 일반인들의 출입이 자유롭지 못한 편이다. 괴비행물체를 본 사람들은 콩카 라 지역의 안쪽으로 진입하여 관찰하고 싶었지만, 해당 지역에 주둔하는 인도와 중국 군인들에 의해 저지당했다. 그러나 비행물체를 목격한 사람

들은 해당 지역에 외계인과 UFO 기지가 위치한다고 믿는다.

2006년 6월 구글 어스의 위성사진을 통해 콩카 라에서 중국 쪽으로 닿아 있는 지역의 모습이 공개되었다. 비행물체가 자주 관측되는 곳에는 군사 기지와 같은 시설물이 공개되었으며 일반적이지 않은 생김새 덕분에 사람들은 더욱더 외계인의 UFO 기지라는 가설을 믿게 되었다. 해당 기지가 촬영된 장소는 유라시아판과 인도판이 만나는 곳으로 두 개의 판이 충돌하며 하나는 위로, 하나는 아래로 내려갔다. 따라서 다른 지역보다 2배

정도 깊게 형성된 지형을 갖는다.

콩카 라가 외계인의 기지라는 괴소문에도 인도 정부나 중국 정부는 어떤 이유로든 관련된 사실에 대해 함구한다. 어떠한 해명도 하지 않고 있으며, 괴비행물체를 목격한 사람들이 지방정부에 해명을 요청할 때, 정부는 그저 본 것을 잊어버리라는 말만 할 뿐이라고 한다.

콩카 라는 그저 단순한 군사 기지일까? 아니면 외계인과 협력하여 신기술을 개발하는 군사 연구 기지일까? 아직도 콩카 라 지역은 괴비행물체가 돌아다니지만, 여전히 그 정체는 밝혀지지 않고 있다.

중인도

중인도(Central India)는
통상 인도의 중부만을 지칭하지만
이 책에서는 편의상 인도의 동북부도 함께 포괄한다.
인도는 중부를 기준으로 서쪽으로는 아라비아해를,
동쪽으로는 벵골만을 접하고 있다.
인도의 동북부는 미얀마, 방글라데시, 부탄, 네팔과 접한다.
동북부 지역에는 몽골 계통의 인종이 거주하고 있어
외형은 한국인과 매우 유사하다.

아루나찰프라데시

시킴

비하르

아삼

나갈랜드

메갈라야

마니푸르

자르칸드

서벵골

트리푸라

미조람

구자라트

마디아프라데시

차티스가로

오리사

마하라슈트라

다우 산업단지에서 일어난
비극적인 사고

마디아프라데시Madya Pradesh 주 보팔Bophal의 다우 산업단지에는 과거 비극적인 사고가 발생했다. 바로 보팔 가스 누출 사고였는데, 인도인이라면 누구나 이 사고에 대해 알고 있다. 보팔 가스 누출 사고는 역사상 최악의 산업 재해 중 하나로 기억될 만큼 대형 재해였다.

1984년 보팔에 있는 다우 산업단지에서 가스가 누출되는 사고가 발생하여 수많은 희생자를 낳았다. 12월 3일 자정, 다우 산업단지에 위치한 한 공장에서 실수로 유독가스의 일종인 메틸이소시아네이트(MIC) 가스가 방출되었다. 공장 주변에 거주하던 50만 명 이상이 수면 중에 메틸이소시아네이트 가스를 비롯한 기타 화학물질에 노출되었고, 대부분의 사람들은 사망하거나 호흡

다우 산업 단지(Dow Industrial Complex)
주소: Arif Nagar, Bhanpur, Bhopal, Madya Pradesh, 462001 인도

기, 신경계 등의 질환을 얻게 되었다.

이후 다우 공단은 황폐한 상태로 방치되었고 오늘날 사람들이 찾지 않는 구역이 되었다. 간혹 이곳을 찾는 사람들은 정체를 알 수 없는 비명을 듣거나 고통스러운 상태로 배회하는 유령들의 모습을 보았다고 주장한다.

사이코패스 왕자가 지은
자탄 나가르 궁전

자탄 나가르 궁전Jatan Nagar Palace은 동부 오디샤Odisha 주의 자탄 나가르에 위치한다. 자탄 나가르는 덴카날Dhenkanal 지역을 다스리던 왕의 동생인 나라싱 프라탑Narasingh Pratap

주소: MJG8+9MH, Odisha 759013 인도

에 의해 20세기에 지어졌다. 얼핏 보기에는 평범한 역사적인 유물 같지만 이 궁전이 건축된 목적을 들으면 소름이 끼친다.

자탄 나가르 궁전은 '고통의 궁전'으로도 알려져 있다. 나라싱 프라탑은 말 그대로 사이코패스였다. 오로지 자신의 개인적인 욕구를 충족시키기 위한 목적으로 노예들을 정기적으로 고문했고 그에게는 이를 위한 공간이 필요했다. 따라서 그들을 고문할 수 있는 100개의 방을 갖춘 자탄 나가르 궁전을 건축했다. 나라싱 프라탑의 취임식이 있던 날, 그는 자탄 나가르 궁전을 건축한 건축가 또한 참수하려고 계획했으나 형의 만류로 인해 참수하지는 못했다고 전해진다.

100개의 방에서 아무런 죄 없이 고문당하던 대부분의 노예들은 사망했고, 이후 자탄 나가르 궁전에는 유령이 등장한다는 소문이 돌기 시작했다.

현재는 오디샤 주 정부의 주도하에 관광지로 개발하기 위한 리모델링 공사가 진행 중이다. 오디샤 주 정부의 공식 관광홍보 웹사이트에 들어가 보면 자탄 나가르 궁전에서는 평화로운 분위기를 즐길 수 있다고 소개되어 있다. 하지만 자탄 나가르 궁전의 역사를 알고 있다면 정말 평화로움을 즐길 수 있을지 장담할 수 없다.

잘란 박물관의
유령 관리인

잘란 박물관Jalan Museum 또는 킬라 하우스Quila House는 비하르Vihar 주의 수도인 파트나Patna에 위치한 사립 박물관이다. 잘란 박물관은 1919년에 파트나의 유명한 사업가 디완 바하두르 라다 크리슈나 잘란Diwan Bahadur Radha Krishna Jalan에게 매입됐다. 그는 1935년에서 1937년 사이 전 세계의 곳곳을 여행하며 다양한 골동품과 예술품들을 수집했고, 자신이 매입한 잘란 박물관에 수집한 물건들을 전시

주소: Quila Rd, Hajiganj, Patna,
Bihar 800008 인도

했다. 덕분에 잘란 박물관에서는 보석이니 유물 등 총 1만여 점의 다양한 수집품들을 볼 수 있다. 일례로 잘란은 이집트 미이라를 개인 박물관에 전시하기 위해 가져왔으나 아내의 격렬한 반대로 인해 미이라를 주 정부 박물관에 기증했다고 전해진다. 이곳을 방문하기 위해서는 박물관 측으로부터 48시간 전까지 허가를 받아야 한다.

이 잘란 박물관에 유령이 등장한다는 소문이 있다. 목격자들의 증언을 취합해보면 중년남성과 중년여성 유령이 등장하여 박물관 내부를 배회한다고 한다. 사람들이 추측하기를, 두 유령은 잘란과 그의 부인이며 그들은 자신들이 생전에 모아놓은 수집품들을 관리하기

위해 때때로 출몰한다는 것이다. 그들은 사람들에게 어떠한 위협을 가하지는 않으며 단지 배회하거나 가끔은 전시 시간이 종료되면 밖으로 나가야 한다는 안내를 해 준다고 전해진다. 박물관을 관리하는 일종의 유령 관리인인 셈이다.

혹시나 골동품이나 예술품을 훔쳐 가려는 생각을 하는 사람이 있다면 유령 관리인들이 무서운 모습으로 변하기 전에 계획을 접는 편이 좋을 것이다.

모건 하우스 여행자 숙소의
모건 부인

　모건 하우스는 서벵골West Bengal 주의 칼림퐁Kalimpong이라
는 도시에 있는 건물이다. 현재는 부티크 호텔로 활용
되고 있다. 훌륭한 건축물 덕분에 발리우드의 유명 영
화배우들도 이곳을 자주 찾는다.

　모건 하우스는 영국 식민지 시대인 1930년대에 조지
모건George Morgan에 의해 결혼한 이후 거주하기 위해서 지
어졌다. 하지만 조지 모건의 행복한 결혼 생활은 오래
이어지지 못했다.

　어느 날, 조지 모건의 부인이 원인 모를 죽음을 맞았
다. 조지 모건은 부인의 죽음에 큰 충격에 빠졌고, 그
역시 집을 버려둔 채 어디론가 사라졌다고 한다. 혹자
는 조지 모건이 그의 부인을 학대했다고도 말하지만,

모건 하우스 여행자 숙소(Morgan House Tourist Lodge)
주소: Chandraloke, Kalimpong, West Bengal 734301 인도

모건 하우스 여행자 숙소 내부

진실은 밝혀지지 않았다. 오랜 기간 소유권 없이 방치된 모건 하우스는 인도 독립 이후 정부의 소유로 넘어갔고, 호텔로 개조되어 현재도 사용되고 있다.

　모건 하우스를 방문하는 목격자들은 유령을 봤다고 주장한다. 복도에서 모건 부인으로 추정되는 유령이 밤이 되면 하이힐을 신고 걸어 다니는 소리가 들리며, 화장실 거울에서 그녀의 유령을 본 목격자들도 종종 있다. 그녀의 원혼이 여전히 모건 하우스를 떠나지 못하고 있는 것은 아닐까.

세인트 존 침례교회의
신부유령

세인트 존 침례교회는 상업 도시 뭄바이_{Mumbai}의 SEEPZ 산업단지 내에 있는 버려진 교회다. 이 교회는 1579년 포르투갈에 의해 지어졌고, 신자들은 이곳에서 예배를 드렸다고 한다. 하지만 이 교회에는 사람들을 괴롭히는 젊은 신부의 유령이 거주한다고 알려져 있다.

1840년 교회 주변 마을에 전염병이 창궐했다. 이로 인해 사람들은 질병에 걸려 사망하거나 다른 마을로 이주했다. 그러면서 교회도 자연스럽게 버려지게 되었고, 이때부터 교회에 유령이 등장한다는 흉흉한 소문이 돌기 시작했다. 목격되는 유령은 젊은 신부였으며 사람들에게 겁을 주거나 위협적인 모습으로 등장했다고 한다.

현지인들에 따르면, 1977년 교회에 출몰하는 신부의

세인트 존 침례교회(St. John the Baptist Church)
주소: Jambli Naka LBS Marg, Near, Ahilyadevi Holkar Marg, Talav Pali, Thane West,
Thane, Maharashtra 400601 인도

유령을 없애기 위해 퇴마의식을 행했다. 당시 사제가
성경 구절을 읽기 시작하자 이상한 웃음소리가 교회에
서 들리더니 이내 큰 울음소리로 변했다고 한다. 울음
소리가 멈추면서 교회 옆에 있던 연못에서는 알 수 없
는 굉음이 들려왔는데, 연못에 살던 모든 물고기가 수
면에 떠오른 채 모두 죽었다고 한다.

　당시 퇴마의식을 진행했던 신부에 따르면 해당 유령
의 정체는 전염병이 창궐하던 시기에 절망감에 빠져 자

살한 젊은 신부라고 한다.

　현재 교회 주변 토지는 뭄바이 SEEPZ 산업단지로 인수되었다. 따라서 교회 유적지의 출입이 통제되고 있으며 최종적으로 전면 폐쇄 후 건물을 철거할 계획이라고 한다. 하지만 몇몇 원주민 신자들은 폐허가 된 교회를 여전히 방문하고 있다. 신자들의 요청으로 인해 철거 계획은 보류되고 교회 복원 사업이 진행되는 듯했으나, 여전히 원주민들과 산업단지의 이견은 좁혀지지 않고 있다.

라모지 필름 시티를 떠도는
죽은 병사들

하이데라바드Hyderabad 주에는 1,600에이커 이상의 규모를 자랑하는 영화 촬영 스튜디오인 라모지 필름 시티가 있다. 이 스튜디오는 1996년에 세워졌으며 매년 150만 명 이상 관광객이 방문하는 곳이다.

이곳에 오래전부터 유령이 출몰한다는 소문이 돈다. 목격자들은 조명이 제멋대로 꺼지거나 켜지며, 촬영 장비들이 오작동을 일으키는 일이 자주 발생한다고 말한다. 또 필름 시티 내에 있는 거울들을 통해서

라모지 필름 시티(Ramoji Film City)
주소: Ramoji Film City Main Rd, Hyderabad,
Telangana 501512 인도

정체불명의 물체들이 자주 목격되며, 현재 파키스탄에
서 공용어로 쓰이는 우르두어Urdu로 된 낙서들이 보였다
고 한다.

촬영을 준비하고 있던 배우들의 의상이 갑자기 찢어
지거나 보관하던 음식이 반쯤 사라지는 등 이상한 일들
도 자주 벌어진다고 한다. 특히 여배우들에게 이런 일
들이 자주 일어난다고 하는데, 이러한 점으로 미루어
과거 하이데라바드 주가 니잠Nizam이라는 토후국이었던
시대에 살던 군인 영혼들의 장난이라고 믿는다.

실제로 라모지 필름 시티가 지어진 곳은 과거 니잠

시대에 전쟁이 자주 일어났던 곳이다. 사람들은 많은 전쟁을 거치면서 수많은 군인이 죽었고 이들의 영혼들이 현재까지도 머물고 있다고 추정한다.

브린다반 소사이어티에서
누군가가 뺨을 때린다면

마하라슈트라Maharashtra 주의 테인Thane에 위치한 브린다
반 소사이어티는 1984년에 설립된 대규모 주거단지이
다. 이 단지에는 무려 100여 채의 건물들이 들어서 있
고, 많은 인구가 밀집해 있다. 고급 주거단지로 알려진
브린다반 소사이어티의 66B 빌딩에도 괴담이 존재한
다. 바로 뺨을 때리는 유령이 출몰한다는 것이다.

브린다반 소사이어티의 66B 빌딩에 살던 한 남성이
아파트 발코니에서 투신자살했는데 그 후 그 남성의 영
혼이 66B 빌딩 주변을 맴돈다는 소문이 있다. 소문에
따르면, 그의 영혼은 한밤중에 나타나 사람들을 괴롭
힌다. 어느 날 경비원이 야간 근무 중이었는데, 갑자기
누군가가 자신의 뺨을 세차게 때렸다고 한다. 어리둥절

브린다반 소사이어티(Vrindavan Society)
주소: 54, 71, Phase II, Vrindavan Society, Thane West, Thane,
Maharashtra 400601 인도

해진 경비원은 주변을 살펴보았지만, 아무도 없었다. 경비원은 꿈을 꾼 줄 알고 계속 근무를 하는데 다시 한 번 누군가가 뺨을 때렸다고 한다. 너무 세게 맞아서 의자 밑으로 넘어질 정도였다고.

일부 주민들은 한밤중 자신의 아파트에서 유령이 배회하는 것을 목격했다고 주장한다. 66B 빌딩 주변을 어두운 밤 중 걷다 보면 누군가가 따라오는 듯한 발소리가 자주 들리며, 높은 층 복도를 걸어갈 때 누군가가 밀치는 듯한 느낌을 받았다는 주민들의 증언도 있다.

하지만 유령을 목격한 적이 없는 주민들은 주거단지의 집값을 낮추기 위해 악의적으로 퍼뜨리는 루머일 뿐 근 거 없는 이야기라고 일축한다.

진실은 아무도 모르겠지만 유령에게 뺨을 맞고 싶지 는 않다.

보름달이 뜨면
샤니와르 요새에서 들리는 비명

　마하라슈트라 주의 푸네Pune에 위치한 샤니와르 요새
는 역사적인 유적지로, 과거 마라타Maratha제국의 군주였
던 바지라오Bajirao와 관련이 있다. 하지만 사람들은 일몰
후 샤니와르 요새에서 유령이 나온다고 믿기에 해가 진
후 이곳을 방문하지 않는다.

　마라타의 군주 바지라오가 죽은 후, 그의 아들인 나
나 사헤브Nana Saheb가 왕위를 물려받아 마라타제국의 권
력을 장악했다. 그에게는 마드하브라오Madhabrao, 비슈와
스라오Vishwasrao, 나라얀라오Narayanrao라는 세 아들이 있었
다. 나나 사헤브가 전투에서 사망하자 그의 장남인 마
드하브라오가 그의 왕위를 물려받았다. 하지만 얼마 후
전쟁에 나갔던 비슈와스라오가 적의 공격을 받아 사망

샤니와르 요새(Shaniwar Fort)
주소: Shaniwar Peth, Pune, Maharashtra 411030 인도

했다. 이에 슬픔을 이기지 못한 마드하브라오는 스스로 목숨을 끊었다.

나나 사헤브의 막내아들이었던 나라얀라오는 홀로 남게 되어 당시 16살이라는 어린 나이에도 불구하고 왕위를 물려받았다. 나랴안라오는 너무 어렸기 때문에 혼자서 국정을 이끌어나갈 수 없었고 그의 삼촌이었던 라구나트라오Raghunatrao의 도움을 받았다. 하지만 라구나트라오는 검은 속내를 갖고 있었다. 나라얀라오는 삼촌이 자신을 마음대로 조종해서 권력을 행사하려는 의도를 눈치챘지만, 아직 어렸기에 기회를 기다리고 있었다.

1773년 나라얀라오는 삼촌의 부당한 통제에 참지 못하고 그를 가택 연금했다. 이에 분노한 라구나트라오의 부인 아난디바이Anandibi는 나라얀라오가 가르디Gardi라는 사냥꾼 부족과 사이가 좋지 않은 것을 이용하여 나라얀라오에게 복수할 계획을 세웠다. 그녀는 남편 라구나트라오로 하여금 가르디 부족장에게 나라얀라오가 자신을 가택 연금시켰으니 그를 체포할 것을 촉구하는 편지를 쓰게 했다.

그러나 아난디바이는 중간에서 편지를 가로채어 편

습격을 당하는 나라얀라오 왕

지 속의 단어를 바꾸어 나라얀라오를 '살해'해 달라는 내용으로 만들었다. 가르디 부족장은 라구나트라오의 편지를 받고 나라얀라오에게 자신의 부하들을 보냈다. 잠을 청하고 있었던 나라얀라오는 무방비 상태로 가르디 부족 암살자들에게 살해당했고 그의 시신은 토막 난 채 강에 버려졌다.

이후 보름달이 뜨는 밤이면 샤니와르 요새에서는 어린 나랴안라오 왕의 비명과 울음소리가 들린다는 소문이 퍼지게 되었다.

이러한 소문인지 샤니와르 요새에는 저녁 6시 반 이후에 출입이 금지된다. 하지만 어떤 사람들은 나라얀라오의 비명을 듣기 위해 보름달이 뜨는 밤이면 근처에서 야영을 한다고 한다.

라즈 키란 호텔에서 일어나는 미스터리한 일들

뭄바이의 로나발라Lonavala는 산기슭에 위치한 도시이기 때문에 날씨가 매우 쾌적하고 사방이 푸르른 숲으로 둘러싸여 있다. 아름다운 경관과 평화로운 분위기 때문에 많은 관광객이 이곳을 찾는다.

하지만 로나발라에 있는 한 호텔에 유령이 출몰한다는 소문이 있다. 바로 로나발라 시내 중심부에 있는 '라즈 키란' 호텔이다. 라즈 키란 호텔의 한 방에 머물렀던 투숙객들은 지속적으로 컴플레인을 제기했다. 그 방은 호텔 리셉션 뒤 1층에 있는 방이라고 한다. 알려진 이야기는 다음과 같다.

신혼여행을 간 한 부부가 라즈 키란 호텔에서 잠을 청하고 있었다. 그런데 갑자기 누군가 그들이 자고 있

주소: Nadiadwala Chawl, Off Swami Vivekanand Road, Opposite Old Malad Police Station,
Underai Road, Malad (W), Malad, Navy Colony, Mamledarwadi,
Malad West, Mumbai, Maharashtra 400064 인도

는 침대 위의 이불을 잡아당겼고 그들은 곧 잠에서 깼다. 겁에 질린 아내는 남편에게 방에 누군가가 있는지 확인해달라고 했고 남편은 방의 구석구석을 살펴보았다. 방을 샅샅이 살펴보았지만 부부는 어떠한 이상한 점도 발견하지 못했고 방문 또한 잠겨 있었기에 호텔 리셉션에 이상한 현상에 대해 컴플레인을 제기했다고 한다.

이들 외에도 이 방에 묵는 많은 손님이 방을 바꿔달라고 컴플레인을 했기에 호텔 직원들은 방을 바꿔달라는 요구가 있을 경우 바로 다른 방으로 교체해주었다. 밤에 갑자기 침대 시트가 벗겨지고, 발밑에서 정체불명의 불빛이 흘러나오고, 방에 누군가가 지켜보고 있다는 등 계속해서 투숙객들이 이 방에 음산한 기운이 돈다며 컴플레인을 제기했고, 현재 이 방은 폐쇄되었다.

하지만 이 소문에서 이상한 것은 출몰하는 유령에 대한 정보가 전혀 없다는 것이다. 라즈 키란 호텔은 어떠한 비극적인 사건이나 사고가 발생한 적이 없으며, 주변 지역마저도 어떠한 사연을 갖고 있지 않았다.

다시 말해 라즈 키란 호텔의 방에 왜 유령이 등장하는지, 그 유령은 누구인지, 사연이 무엇인지에 대한 정보를 전혀 얻을 수 없다. 혹자는 호텔이 마케팅 수단 중 하나로 의도적으로 괴담을 퍼뜨린 것이 아니냐는 의문을 제기하기도 한다.

그렇다면 꽉 잠긴 그 방에는 대체 무엇이 머물고 있는 걸까.

작가의 빌딩을 떠도는
심슨 대령

서벵골 주의 콜카타Kolkata에는 '작가의 빌딩'이라고 불
리는 서벵골 주 정부 공식 사무국 건물이 있다. 세련된
건축 디자인 덕분에 매년 수많은 관광객이 이곳을 방문
한다. 하지만 식민지 시대에 지어진 만큼 건물에는 많
은 역사가 얽혀 있다.

작가의 빌딩은 동인도 회사의 하인들을 수용하기 위
해서 1777년에 건축되었다. 실제 동인도 회사의 하인들
을 수용하기 시작한 것은 1780년인데, 이 시기부터 이
미 작가의 빌딩은 사람들에게 낡고 허름한 공간으로 인
식되었다.

이후 몇십 년 동안 빌딩은 구조적으로 변화를 거쳤
다. 1800년, 인도 총독이었던 웰즐리Wellesley는 영국 관리

작가의 빌딩(Writer's Building)
주소: Binoy Badal Dinesh Bag N, Lal Dighi, B.B.D. Bagh, Kolkata, West Bengal 700001 인도

들에게 인도를 포함한 동양에 대해 가르치기 위한 대학교를 설립했고, 작가의 빌딩을 포트 윌리엄 칼리지Fort William College로 활용했다. 1830년경까지 작가의 빌딩은 영국 관료들에게 힌디어와 아랍어, 페르시아어를 가르치는 아카데미로 쓰였다. 이후 철도 사무국, 벵골 주지사 사무국, 빅토리아 행정부 사무국 등 다양한 용도로 사용되었다.

작가의 빌딩에서 가장 비극적인 역사는 1930년에 일

어났다. 1930년 12월 8일, 지하 독립운동 단체인 뱅골 벌룬티어스Bengal Volunteers의 멤버인 베노이 바수Benoy Basu, 바달 굽타Badal Gupta, 디네시 굽타Dinesh Gupta가 작가의 빌딩으로 향했다. 수많은 인도인을 고문하고 사망하게 한 악명 높은 N. S. 심슨Simpson 대령을 사살하기 위해서였다.

　3명의 독립투사는 유럽 의복을 입은 채 장전된 권총을 갖고 작가의 빌딩 내부로 들어갔다. 그러곤 심슨 대령을 보자마자 그를 암살했고 세 사람은 경찰들에게 포위당했다.

작가의 빌딩

위기의 순간, 바달은 미리 가져온 독약을 먹고 자살했으며, 베노이와 디네시는 서로에게 권총을 발사했다. 베노이는 병원으로 이송된 후 사망했으며 디네시는 추후 살아남아 교수형에 처해졌다. 인도 정부는 세 독립투사의 순교를 기념하기 위해 작가의 빌딩이 위치한 거리를 세 사람의 이름을 따 BBD 바그Bagh 라고 명명했다.

이후 작가의 빌딩에서는 한 남자의 유령이 걸어 다닌다는 소문이 돌기 시작했다. 목격자들에 따르면 독립투사에게 살해된 심슨 대령으로 추정된다. 때때로 밤이 되면 작가의 빌딩에서는 심슨 대령의 비명이 들려온다고 전해진다.

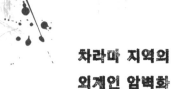

차라마 지역의
외계인 암벽화

차티스가르Chhattisgarh 주 차라마Charama 지역에 있는 한 동굴에 외계인과 UFO가 묘사된 1만 년 전 암벽화가 있다. 그 동굴은 찬델리Chandeli와 고티톨라Gotitola 마을 근처

주소: 99PF+VQ2, Kanker, Chhattisgarh 494337 인도

에 있다.

  J. R. 바가트Baghat박사는 해당 암벽화에 관해 연구했으며 암벽화에 그려진 외계인과 UFO는 일반 암벽화와는 매우 다른 형태를 띤다고 주장한다. 대부분 암벽화에는 기원전 8,000년 전의 인간, 동물 그리고 일상이 그려져 있는 데 반해, 해당 암벽화에는 비행접시, 장비, 우주복, 납치 묘사 등 흔하지 않은 소재가 담겨 있기 때문이다. 이러한 발견은 선사시대의 인류가 다른 행성의 존재와 조우했을 가능성을 말해준다고 한다.

  이 마을의 주민들은 암벽화와 관련한 전설이 한 가지 있다고 말한다. 전설에 따르면, 암벽화에 그려진 외계인들은 하늘에서 둥근 모양의 비행물체를 타고 착륙하여 마을 사람들 두 명을 데려갔다고 한다.

바가트 박사는 암벽화에 그려진 대상물이 우연의 일치로 외계인이나 UFO처럼 보일 가능성을 배제하지 않는다. 바가트 박사는 계속해서 암벽화의 정체를 밝혀내기 위해 다른 고고학자들과의 협업을 계획하고 있다고 한다.

자팅가 지역의
새 자살 현상

아쌈Assam 주에 있는 자팅가 마을에는 지난 100년 동안 면적이 3㎢도 채 되지 않는 특정 지역에서 수천 마리의 새늘이 이유 없이 자살하는 현상이 발생해왔다. 높은 고도와 방향 감각을 잃게 하는 안개를 포함한 다양한 요소가 원인으로 추정되지만, 권위 있는 조류학자들의 연구에도 불구하고 자팅가 지역에서 왜 새들이 자살하는지 아직도 그 이유를 명확히 밝혀내지 못했다.

보통 9월과 10월에 달이 없는 어두운 밤이 되면 약 44종의 철새들이 자팅가로 모여든다. 모여든 새들은 특정 시간이 되면 이상한 움직임을 보이다가 결국 바위나 돌 등을 향해 돌진하여 자살한다. 이러한 현상에는 몇 가지 가설이 존재한다. 높은 고도, 강한 바람, 안개의

자팅가 지역(Jatinga)
주소: 42HF+QMP, Jatinga, Assam 788818 인도

조합이 새들을 혼란스럽게 한다거나, 마을에서 흘러나오는 빛 자체가 새들의 방향성을 잃게 한다는 등 여러 가설이 제시되었다.

이러한 괴현상 때문에 일부 자팅가 마을 사람들은 새들에 악마가 들렸다고 믿었고, 새가 자살하기 전 대나무 장대를 이용해서 새들을 죽이기도 한다. 아쌈 정부의 관계자들은 이러한 괴현상을 인지하고 자팅가에 방문하여 본격적으로 조사하기 시작했다. 자팅가 마을 사람들은 이러한 현상을 해결하기 위해 오랜 기간 노력했지만 실패했고, 해결하는 대신 작은 도시에 관광객들을 끌어들이기 위한 마케팅으로 활용하는 방안을 제안했다고 한다. 현재는 새들의 자살 현상을 목격하기 위해 방문하는 관광객들을 위한 숙박 시설을 만들고 있다고 한다.

이러한 현상은 아쌈 주의 수도인 구와하티Guwahati에 기반을 둔 유명시인, 타파티 바루아 카샤프Tapati Baruah Kashyap의 시집, 『자팅가를 사랑하며In Love with Jatinga』를 통해 소개되기도 했다. 시집에는 새들의 미스터리한 자살 현상뿐만 아니라 아름다운 자팅가 마을과 마을 사람들의 이야기도 담겨 있다고 한다.

시집 『자팅가를 사랑하며』

남인도

남인도(South India)는 인도의 남부를 지칭하며
모든 주가 해안을 접한다.
따라서 역사적으로 무역이 발달한 도시들이 많으며,
해변가로 유명한 관광지들이 많다.
남인도에는 피부색이 검은
드라비다족(Dravidan)이 주로 거주한다.
남부로 갈수록 열대 기후의 특성을 갖고 있어
겨울에도 무더운 날씨를 유지한다.

카르나타카

고아

안드라프라데시

안다만니코바르제도

락샤드위프제도

타밀나두

케랄라

고아의 한 교회를 떠도는
세 왕의 망령

고아Goa 주는 해변으로 유명한 휴양지이다. 이 고아 주 칸사울림Cansaulim에는 세 왕의 교회 혹은 삼왕 교회라 불리는 교회가 있다.

이 교회는 1599년 포르투갈인이었던 프곤잘로 카르발로 S. J.Fr Gonzalo Carvalho S. J.에 의해 지어졌다. 언덕 위에 있어 아라비아해의 경치를 볼 수 있고, 고요한 분위기 덕분에 많은 관광객이 찾는 곳이다. 하지만 해가 진 뒤 세 왕의 교회를 방문하는 관광객은 없다. 귀신이 출몰하는 교회로 유명하기 때문이다.

'삼왕'이라는 이름은 원래 아기 예수가 태어난 후 아기 예수를 찾아가 선물을 하고 경배를 한 세 명의 왕을 일컫는 말이다. 세 왕이 아기 예수의 탄생을 기념한 날

세 왕의 교회 혹은 삼왕 교회(Three Kings Chapel)
주소: Muder, Cansaulim, Goa 403712 인도

은 주현절 혹은 주님 세례 대축일Epiphany로 불리며 매년 1월 6일 기념된다. 세 왕의 교회에서도 주현절이 되면 이를 기념하기 위한 축제가 열린다. 하지만 고아의 칸사울림에 있는 세 왕의 교회에는 이와는 사뭇 다른 '삼왕'에 관한 전설이 전해진다.

포르투갈 식민지 시절, 칸사울림 지역에 있던 세 명의 왕은 교회의 소유권을 놓고 항상 다투었다. 그들 중 홀거 알부거Holger Alvunger는 더 이상 싸우지 말고 평화롭게

지내자는 목적으로 나머지 두 왕을 저녁 식사에 초대했다. 하지만 그것은 계략이었고, 홀거 알부거는 음식에 독약을 넣어 두 왕을 독살했다.

그 후 홀거 알부거 왕은 자신이 칸사울림의 진정한 왕이며 교회는 자신의 소유임을 대중들 앞에 선언했다. 하지만 대중의 반응은 차가웠고, 독살되어 죽은 나머지 왕을 지지하던 사람들은 탐욕스러운 홀거 알부거 왕을 증오했다. 대중이 생각과 달리 반응하자 두려웠던 홀거 알부거 왕은 결국 음독 자살했다. 이후 교회 주변에는 죽은 세 왕의 영혼이 돌아다니며 교회를 방문하는 사람들을 괴롭힌다고 한다.

많은 현지인들이 세 왕의 교회에서 이상한 형체가  움직이거나 정체를 알 수 없는 소리가 난다고 주장했으며, 주로 밤에 이런 현상들이 발생한다고 한다. 현지인들은 이 소리가 바로 죽은 세 왕의 영혼이 내는 소리라고 믿는다.

또 이 교회를 방문하는

세 왕의 교회 내부

사람들 사이에 떠도는 한 가지 규칙이 있는데, 바로 교회를 나설 때 교회 밖에 있는 나무를 절대 뒤돌아보면 안 된다는 것이다. 이유는 밝혀지지 않았지만 아마도 유령이 출몰한다는 소문과 관련이 있는 듯하다.

이러한 소문에도 불구하고 교회 주변의 자연환경과 경치의 아름다움은 숨길 수 없다. 혹자들은 누군가가 아름다운 세 왕의 교회 풍경을 독점하기 위해 흉흉한 소문을 퍼뜨렸다고 의심한다.

교회는 오후 6시 이후 출입이 제한되기에 교회를 방문하고자 하는 사람들은 그 전에 방문해야 한다.

칼팔리 공동묘지에서 일어나는
초자연적인 현상들

주소: XJVJ+3XH, Kathalipalya, Sarvagnanagar,
Bengaluru, Karnataka 560008 인도

카르나타카Karnataka 주에 위치한 IT도시 벵갈루루 Bengaluru의 카탈리팔야Kathalipalya에는 칼팔리 공동묘지가 있다. 세인트 존스 공동묘지Saint Jones Cemetery로도 알려진 칼팔리 공동묘지를 방문하는 사람들은 이곳에서 유령을 목격했다고 말한다.

성묘를 다녀온 사람들은 정체불명의 남자가 이곳저곳으로 뛰어다니는데, 자세히 보면 흰옷을 입고 머리가 없다고 한다. 일부가 그를 자세히 관찰하기 위해 가까이 접근했지만, 유령은 곧이어 사라졌다고 한다.

성묘를 하러 갔던 사람들의 공통되는 반응은 칼팔리 공동묘지에 머무를 때 아무런 이유 없이 가슴이 답답해졌다는 것이며, 일부는 호흡곤란을 겪었다고 한다. 하지만 칼팔리 공동묘지를 벗어나자 이런 증상들은 씻은 듯이 사라졌다고 한다.

그러나 아직도 칼팔리 공동묘지에서 벌어지는 이상한 현상들의 원인은 밝혀지지 않았다. 남자 유령이 누구인지, 어떤 사연이 있는지에 대해서는 밝혀진 것이 없다.

보나카우드 방갈로에서
벌어진 비극

인도 최남단에 위치한 케랄라Kerala 주의 보나카우드 지역은 풍부한 식물자원으로 유명한데, 지역에서 채취하는 허브들은 약용으로 판매된다. 보나카우드의 테비요드Theviyode 지역에는 유명한 봉우리가 있는데, 바로 아가스티야Agasthya 구릉이다.

아름다운 자연을 자랑하는 이곳에는 비극적인 역사를 품은 건물이 하나 놓여 있다. 보나카우드에서 차 농장의 노동자들을 관리·감독하던 영국인이 살았던 방갈로인데, 현재는 버려진 채 방치되어 있다.

1800년대 초 보나카우드에는 주변 마을로부터 이주민이 많이 유입되었다. 당시 번성했던 차 농장에서 일을 하기 위해 인도 남부 타밀나두(Tamil Nadu)에서 온 경우가 많았다.

현재 보나카우드에 있는 버려진 방갈로의 대부분은 1951년에 지어졌는데 그중 GB 25 방갈로에는 비극적인 역사가 얽혀 있다. 당시 GB 25 방갈로에는 차 농장에서 일하던 노동자들을 감독하는 영국 장교가 살고 있었다. 그는 자신의 사랑스러운 부인과 자식들과 함께 행복하게 살아가고 있었다. 하지만, 어느 날 그의 아이들이 의문스러운 죽음을 맞이했다. 어떻게 죽었는지에 관

주소: Theviyode - Bonacaud Rd, Vithura, Kerala 695551 인도

한 정확한 기록이 없지만, 영국 장교와 그의 부인은 자식들의 죽음에 매우 큰 충격을 받아 집과 재산들을 버려두고 런던으로 떠났다고 한다.

이때부터 밤이 되면 빈 방갈로에서 유리가 깨지는 소리와 함께 날카로운 어린아이들의 비명이 들려오기 시작했다고 한다. 또 비극이 일어났던 방갈로 주변에서 배회하고 있는 어린아이의 유령이 자주 목격되었다고 한다. 이후 농장의 소유주가 더 이상 사업을 유지할 수 없게 되자 해당 지역의 농장과 방갈로가 폐쇄되었다. 최근 케랄라 주 정부는 버려진 농장과 방갈로를 정부 재산으로 인수하겠다고 제안했다.

과연 GB 25 방갈로에서 어린아이들에게 어떤 일이 일어났던 것일까? 아직도 의문으로 남아 있다.

케랄라의
쌍둥이 마을

케랄라 주의 말라푸람Malappuram 지역에 있는 외진 마을인 코디니Kodini에는 인도 전국에서 쌍둥이가 가장 많이 살고 있다. 추정치에 따르면, 2,000가구의 인구가 살고 있는 이 마을에는 최소 400쌍의 쌍둥이가 있다고 한다. 2008년 공식적인 추산에 따르면, 이 마을에 280쌍의 쌍둥이가 태어났고 이후 계속해서 그 수는 증가했을 것이라고 한다. 인도 전역의 평균 쌍둥이 출생아 수치가 1,000명 중 9명을 넘지 않는 데 반해 코디니 마을은 1,000명 중 45명에 이른다.

2016년 10월 인도 과학산업연구회CSIR, Council Of Scientific And Industrial Research, 케랄라수산해양대학교KUFOS, Kerala University of Fisheries and Ocean Studies, 런던 · 독일대학교 등 여러 기관의 공

케랄라의 쌍둥이 마을(The Twin village of Kerala)
주소: 케랄라(Kerala) 주, 말라푸람(Malappuram)

동 연구진들은 이 현상에 대한 해답을 찾기 위해 마을을 방문했다. 연구원들은 쌍둥이들의 DNA를 연구하기 위해 그들의 타액과 머리카락 샘플을 수집했다. 케랄라 수산해양대학교의 한 교수는 이런 현상이 발생하는 이유에 대해 유전적 요인, 물과 공기와 같은 환경적 요인 등 여러 추측이 있지만, 과학적으로 증명된 것은 없다고 전했다.

마을 사람들이 코디니 마을 쌍둥이에 대해 본격적으로 관심을 갖게 된 것은 마을에 살고 있는 사메라Samera

와 페메나Femena라는 쌍둥이 자매의 호기심 때문이었다. 두 자매는 2008년 당시 8학년에 재학 중인 학생이었으며, 학교 내에 자신들 말고도 8쌍의 쌍둥이가 더 존재한다는 것을 알게 되었다. 이후 학교에 재학 중인 쌍둥이들에 대해 수업 과제의 일환으로 심도 있게 연구하게 되었고, 결론적으로 학교 내에 24쌍의 쌍둥이가 있다는 것을 알게 되었다. 두 자매의 발견은 지역 뉴스를 통해 방영되었고, 코디니 사람들은 마을 자체적으로 쌍둥이

를 연구하는 위원회를 구성했다. 조성된 위원회는 마을의 모든 집을 대상으로 조사를 실시했고 280쌍의 쌍둥이가 있다는 것을 공식적으로 확인했다. 이런 사실이 밝혀지기 전까지 마을 사람들은 쌍둥이를 낳고 있다는 사실을 특별하게 받아들이지 않았다.

연구진들과 마을의 쌍둥이 위원회는 코디니 마을에서 쌍둥이가 많이 태어나는 원인에 관해 여전히 연구하고 있다. 하지만 현재까지 명확한 결과는 나오지 않고 있다. 만약 쌍둥이 자녀를 계획하고 있다면 케랄라의 코디니 마을에서 잠깐 거주해보는 것을 추천한다.

사티야망갈람 숲을 떠도는
비라판의 망령

호랑이 보호구역인 사티야망갈람 숲은 타밀나두Tamil
Nadu 주에 위치해 있으며, 이 구역 내에는 호랑이 약 80마
리, 표범 약 110마리 등 다양한 동물들이 살고 있다. 하
지만 사티야망갈람 숲에서 가장 무서운 것은 호랑이나
표범 같은 맹수가 아니다.

과거 사티야망갈람 숲 일대는 유명한 산적인 비라판
Veerappan이 활동하던 지역이었다. 비라판은 돈을 목적으로
밀수, 유명인 납치, 불법무기 판매 등 다양한 범죄를 저
질렀으며 많은 사람을 죽였다.

사티야망갈람 숲에서 일하던 산림청 직원인 스리니바
스Srinivas는 비라판이 더 이상 숲에서 활동하는 것을 저지
하기 위하여 그에게 접근했다. 주변 마을 사람들과 신뢰

사티야망갈람 숲(Sathyamangalam Forest)
주소: J6RJ+GVM, Talamalai R.F., Tamil Nadu 638503 인도

관계를 쌓아오던 스리니바스는 비라판과 접촉하는 데에 성공했고, 비라판은 스리니바스에게 비무장인 상태로 와야만 범죄 활동을 멈추고 자수하겠다는 제안을 했다.

하지만 비라판에게 비무장인 상태로 방문했던 스리니바스는 바로 납치되었고 잔인한 고문에 시달리다가 결국 참수를 당했다. 스리니바스를 참수한 후 비라판은 그의 머리를 기념품으로 며칠간 보관했다고 전해진다. 당시 스리니바스와 함께 일했던 산림청 관계자에 따르면 비라판과 그의 팀원들은 민간인을 포함해서 총 184명의 사람을 살해했고, 2,000마리의 코끼리를 도살했으며 인근 지역에서 고급 목재인 대량의 백단목을 약탈했다.

결국 타밀나두 정부는 비라판을 사살하기 위해 경찰 작전을 수행했다. 1993년 5월 25일 숲에서 타밀나두 정부 경찰과 비라판 일당이 충돌했다. 당시 주민들은 그날을 '유혈이 낭자했던' 날로 기억한다. 경찰 6명과 비라판 일당은 물리적으로 충돌했고, 이를 계기로 당일 오후 인도 경찰은 반격하여 비라판 일당 약 10명을 총살했다. 결국 2004년 10월이 돼서야 인도 경찰은 비라판을 사살할 수 있었다.

그의 죽음 이후 숲에서는 유령이 목격된다는 소문이 돌기 시작했다. 한밤중 숲 쪽에서 들리는 비명, 떠다니는 도깨비불이 가장 많이 목격되는 현상이었다. 경찰의 소탕 작전에서 살아남아 숲에 잔류하는 비라판의 잔당들인지, 아니면 정말로 숲에서 사망한 유령들인지는 밝혀지지 않았다.

지역주민들은 숲에 얽힌 잔혹한 과거를 기억한다. 당신이 이곳을 방문한다면 조심해야 할 것은 호랑이와 표범뿐만이 아니다. 억울하게 죽은 원혼들의 공격도 조심해야 할 것이다.

테라 베라 저택에서 일어난
두 자매의 비극

1943년 한 영국계 인도인 변호사가 지은 테라 베라 저택은 벵갈루루Bengaluru에서 가장 귀신이 많이 나오는 곳 중 하나이다. 이 집은 변호사의 두 딸 베라Vera와 돌체Dolce에게 소유권이 이전되었으며 자매는 비극적인 사건이 일어나기 전까지 그 집에서 거주했다.

2002년 끔찍한 일이 일어났다. 피아노 교사로 일하던 75세의 돌체는 한밤중 집에 침입한 괴한이 휘두른 흉기에 찔려 숨졌다. 언니인 베라는 돌체가 도움을 청하는 비명을 들었고 바로 돌체의 방으로 뛰어갔다.

그러나 베라가 본 것은 돌체를 잔인하게 살해하고 도망가는 괴한의 뒷모습뿐이었다. 큰 충격을 받은 베라는 돌체의 시신을 집에 묻었고, 자동차와 가구 등 모든 재

주소: St Marks Rd, Shanthala Nagar, Ashok Nagar, Bengaluru, Karnataka 560001 인도

산을 그대로 남겨둔 채 어디론가 실종되었다.

　그 후 이 집에서는 섬뜩한 초자연적인 현상들이 일어나기 시작했다. 건물 근처를 지나던 목격자들은 창문 근처의 그림자, 비명, 피아노 연주 소리 등 이상한 현상들이 일어나는 것들을 보았다고 말한다. 밤뿐만 아니라 낮에도 이러한 현상들이 일어난다고 덧붙인다. 또 건물 내에는 누가 만들어놓았는지 모를 머리가 없는 예수와 성모 마리아 조각상과 거꾸로 된 십자가 등이 놓여 있어 더욱 음산한 분위기를 더한다.

　2014년 2월 해당 건물은 철거되었다. 그럼에도 해당

터에는 여전히 과거의 유물로 보이는 것들, 이를 테면 녹슨 자동차, 오래된 가구들, 집안의 물건 등이 놓여 있다. 주변 이웃들은 여전히 건물터 주변에서 기이한 현상들이 목격된다고 말한다.

| 이미지 출처 |

- 그레이터 카일라쉬(Greater Kailash) 1 지역 (이미지 출처: Wikimedia Commons, Nikhilb239) CC BY-SA 4.0
- 초르 미나르(Chor Minar) (이미지 출처: Wikimedia Commons, Ad0312) CC BY-SA 4.0
- 피루즈 샤 코틀라 요새(Firuz Shah Kotla Fort) (이미지 출처: Wikimedia Commons, Kanujajo) CC BY-SA 4.0
- 공기의 정령 드진 (이미지 출처: Wikimedia Commons, LadyofHats) CC0 1.0 Universal Public Domain Dedication
- 아지트가르(Ajitgarh) (구 반란기념비(Mutiny Memorial) (이미지 출처: Wikimedia Commons, Anupamg) CC BY-SA 4.0
- 쿠니 호수(Khooni Jheel) (이미지 출처: PIXAHIVE, Nishat) CC0
- 불리 바티야리 궁전(Bhuli Batiyari Ka Mahal) (이미지 출처: Wikimedia Commons, Mohammedqqasim) CC BY-SA 4.0
- 아가르센 키 바올리(Agarsen Ki Baoli) (이미지 출처: Wikimedia Commons, MILIND KULKARNI) CC BY-SA 3.0
- 드와르카 섹터 9 지하철역(Dwarka Sector 9 Metro Station) (이미지 출처: flickr, Varun Shiv Kapur) CC BY 2.0
- 신을 숭배하기 위해 사용되는 피팔나무 (이미지 출처: Wikimedia Commons, Wiki-uk) CC BY-SA 3.0
- 로디언 묘지(Lothian Cemetry) (이미지 출처: Wikimedia Commons, Pinakpani) CC BY-SA 4.0
- 쿠니 다르와자(Khooni Darwaza) (이미지 출처: Wikimedia Commons, Karthi.dr) CC BY-SA 1.0
- 산제이 숲(Sanjay Forest) (이미지 출처: Wikimedia Commons, Pushpeshpant.10) CC BY-SA 4.0
- 델리 캔톤먼트(Delhi Cantonement) (이미지 출처: Wikimedia Commons, Jayanta) CC BY-SA 3.0
- 말차 궁전(Malcha Mahal)의 입구 (이미지 출처: Wikimedia Commons, Jeet baisoya) CC BY-SA 4.0
- 힌두교의 원숭이신 하누만(Hanuman) (이미지 출처: Wikimedia Commons, Trupalp26) CC BY-SA 4.0
- 바로그 33번 터널(Barog No.33 Tunnel) (이미지 출처: Wikimedia Commons, NikkSingh)

- 뒤마 해변(Dumas Beach) (이미지 출처: Wikimedia Commons, Brihaspati) CC BY-SA 3.0
- 쿨다라 마을(Kuldhara Village) (이미지 출처: flickr, Dinesh Valke) CC BY-SA 2.0
- 방가라 요새(Bhangarh Fort) (이미지 출처: Wikimedia Commons, Shahnawaz Sid) CC BY 2.5
- 방가라 요새 (이미지 출처: Wikimedia, Parth.rkt) CC BY-SA 3.0
- 메루트 GP 블록으로 향하는 길 (이미지 출처: Wikimedia Commons, Siddhartha Ghai) CC0 1.0 Universal (CC0 1.0) Public Domain Dedication
- 사보이 호텔(Savoy Hotel) (이미지 출처: Flickr, Nick Kenrick) CC BY 2.0
- 아가사 크리스티의 소설 『타일스 저택의 괴사건』 (이미지 출처: Amazon.com)
- 콩카 라(Kongka La) 혹은 콩카 패스(Kongka Pass)가 위치한 라다크 지역의 산등성이 (이미지 출처: Wikimedia Commons, RPSkokie) CC BY-SA 4.0
- 다우 산업단지(Dow Industrial Complex) (이미지 출처: Wikimedia Commons, Julian Nyča) CC BY-SA 3.0
- 모건 하우스 여행자 숙소(Morgan House Tourist Lodge) (이미지 출처: Wikimedia Commons, Subhrajyoti07) CC0 1.0 Universal Public Domain Dedication
- 모건 하우스 여행자 숙소 내부(Morgan House Tourist Lodge) (이미지 출처: Wikimedia Commons, Subhrajyoti07) CC BY-SA 4.0
- 세인트 존 침례교회(St. John the Baptist Church) (이미지 출처: Wikimedia Commons, Nicholas) CC BY-SA 3.0
- 라모지 필름 시티(Ramoji Film City) (이미지 출처: Wikimedia Commons, Pratish Khedekar) CC BY-SA 4.0
- 라모지 필름 시티의 내부 (이미지 출처: Wikimedia Commons, Ankur P) CC BY 2.0
- 브린다반 소사이어티(Vrindavan Society) (이미지 출처: Wikimedia Commons, Sonicblue4) CC BY 3.0
- 샤니와르 요새(Shaniwar Fort) (이미지 출처: Wikimedia Commons, Aakash.gautam) CC BY-SA 3.0
- 습격을 당하는 나라얀라오 왕(이미지 출처: Wikimedia Commons) Public domain
- 작가의 빌딩(Writer's Building) (이미지 출처: Wikimedia Commons, Adam Jones) CC BY-SA 2.0
- 작가의 빌딩 (이미지 출처: Wikimedia Commons, Tarunsamanta) CC BY-SA 4.0
- 자팅가 지역(Jatinga) (이미지 출처: Wikimedia Commons, Santulan Mahanta) CC BY 2.0

- 시집 『자팅가를 사랑하며』 (이미지 출처: Smashwords)
- 세 왕의 교회 혹은 삼왕 교회(Three Kings Chapel) (이미지 출처: Wikimedia Commons, Satyanadipally3541) CC BY-SA 4.0
- 세 왕의 교회 내부 (이미지 출처: Wikimedia Commons, Angel Schatz) CC BY 2.0
- 케랄라의 쌍둥이 마을(The Twin village of Kerala) (이미지 출처: PIXAHIVE, Chandru) CC0
- 사티야망갈람 숲(Sathyamangalam Forest) (이미지 출처: Wikimedia Commons, A. J. T. Johnsingh, WWF-India and NCF) CC BY-SA 4.0

인도 도시 괴담

1판 1쇄 2022년 7월 25일

지 은 이 강민구

발 행 인 주정관
발 행 처 북클릭
주   소 서울특별시 마포구 양화로 7길 6-16
            서교제일빌딩 201호
대표전화 02-332-5281
팩시밀리 02-332-5283
출판등록 2006년 1월 9일 (제313-2006-000012호)
홈페이지 www.ebookstory.co.kr
이 메 일 bookstory@naver.com

ISBN 978-89-98014-10-0 03890

※잘못된 책은 바꾸어드립니다.